ELOPE

Ein kleiner Liebesroman, der in der großen Deutschen Musikbranche von 1968 – 1975 spielt.

Diesem Roman dienten als Vorlage bekannte Persönlichkeiten aus der Musik und Fernsehbranche der sechziger und siebziger Jahre des vergangenen Jahrhunderts. Obwohl diesem Roman eine wahre Geschichte zugrunde liegt, möchte ich hier betonen, dass die Namen und Personen von mir frei erfunden sind.
Diesen Roman widme ich dem echten Mädchen in der wahren Story, meiner Frau Margarita.

Udo Burkhardt

Herstellung und Verlag:
BoD - Books on Deman, Norderstedt
ISBN 978-3-7431-9011-5

VORWORT

Das Wort ELOPE kommt aus dem englischen und bedeutet „Die Geliebte entführen um zu heiraten" oder auch „Durchbrennen mit der großen Liebe". Genau das hatte Alex im Jahr 1971 getan, weil die Mutter seiner Freundin ihn als Schwiegersohn nicht akzeptieren wollte. Warum, weil sie sich einen gut situierten Beamten mit einer ordentlichen Pension für ihre Tochter vorgestellt hatte, und er ein Künstler (Maler und Musiker) ohne Aussicht auf ein geregeltes Einkommen war. Der ganze Roman basiert auf einer wahren Geschichte, die der Autor hier aus Rücksichtnahme auf noch lebende Prominente, Freunde und Familienangehörige verändert und in eine Fantasiegeschichte verwandelt hat. Namen und Anschriften sind frei erfunden, aber wer ein wenig Fantasie hat, der erkennt die echten Menschen hinter der Beschreibung in dieser spannenden Geschichte.

Warum hat der Autor diesen Roman geschrieben? Ganz einfach, weil er trotz schlechter Prognosen („das geht eh nicht gut mit den beiden und die sind bald wieder geschieden") im Jahr 2013 über 40 Jahre mit diesem Mädchen aus der Geschichte verheiratet war und beide glücklich und gesund waren. Aber auch, weil plötzlich, in diesem unsäglichen Jahr 2013, seine Frau aus heiterem Himmel die Diagnose „KREBS" bekommen hatte und zum ersten mal in ihrem

Leben ein Krankenhaus von innen sah und gleich zwei Operationen, Chemotherapie und das komplette Programm über sich ergehen lassen musste. Es war ein Schock für beide, und ihre heile Welt brach plötzlich zusammen. Das war ein Punkt in ihren Leben, wo ihnen bewusst wurde, wieviel Glück sie doch gehabt hatten und was für ein Geschenk sie über einen so langen Zeitraum in ihrem Leben bekommen hatten, ohne Krieg und Krankheiten gelebt zu haben. Der Schock über die Diagnose Krebs und die Erkenntnis, dass auch die stärkste Liebe im Leben nicht ewig währen kann und wir alle vergänglich sind, hat ihn dann bewogen, dieses Buch zu schreiben.

Dazu ein weiser Spruch von his Holiness the 14, th Dalai Lama:

„Mitgefühl und Mitleid ist ein tiefer Wunsch andere von Leiden befreit zu sehen. Liebe ist die andere Facette, ein starker Wunsch, andere glücklich zu sehen."

DIE BAND „BLACK EAGLES"

Im Jahr 1968 trat Alex in eine für ihn bis dahin unbekannte Band, die „Black Eagles", als Sänger ein. Die Band war in der Provinz südöstlich von Frankfurt, heute als Rodgau bekannt, erfolgreich und gerne gesehen. Sein Bruder Volkmar war damals ein bekannter Bandleader in einer anderen Band, die aber mehr im Großraum von Frankfurt unterwegs war. Er hatte gehört, dass die Black Eagles einen neuen Sänger suchten, weil der alte durch seine Nachtarbeit im Bäckerhandwerk nicht mehr die Zeit aufbringen konnte. Durch seine Vermittlung kam Alex zu den Black Eagles. Der Gitarrist brachte ab und zu seine kleine Schwester Laura zu den Auftritten mit. Ein zierlicher kleiner Teenager mit welligem rotem Haar, und gerade mal 15 Jahre alt. Völlig uninteressant für Alex, dachte dieser mit seinen 21 Jahren, doch unbemerkt von seiner Meinung entwickelte sich zwischen den beiden eine heimliche Zuneigung und ein Jahr später waren sie ein Paar. Damit begann eine schwierige Zeit für beide. In diesen Jahren gab es leider immer noch den altmodischen, engstirnigen „Gemeinschaftssinn" in den Hessischen-Provinzen. Jeder, der nicht im Dorf geboren war, den nannte man „Eingeplackter", was so viel heißen sollte wie ein Fremder, der sich bei uns reindrückt und sich breit macht. Und wenn ein Fremder dann auch noch mit einem einheimischen Mädchen anbändelt, dann war das eine große Schweinerei, und das muss dann verhindert werden. (*da hat sich wohl in Deutschland seit 50 Jahren nicht viel verändert wenn man die heutige Fremdenfeindlichkeit anschaut*) Weil auch die alleinerziehende Mutter von Laura auf dem Standesamt in der Bürgermeisterei arbeitete, war es ein No-Go. Also eine ziemlich schwierige Aufgabe für zwei Verliebte. 1969 war aber dann ein besonderes ereignisreiches Jahr. Der neue Bundeskanzler Willy Brandt bemühte sich um eine entspannte Politik des Miteinander gegenüber der DDR und dem Osten aber für die jungen Musiker war das noch größere Ereignis in „WOODSTOCK" USA, denn es war ein alles überragender Event in diesem Jahr. Ein Musik und Artfestival in den Vereinigten Staaten von Amerika , welches nur wenige Tage dauerte, aber einen enormen Eindruck bis heute bei der damaligen Jugend hinterlassen hatte. Der Auftritt von Joe Cocker mit seiner Coverversion der Beatles „With a little help from my friends" ist legendär und bis heute ein Hit. Es war ein Wendepunkt in der Musikgeschichte. Jimi Hendrix, Janis Joplin, Santana oder The Who, um nur einige zu nennen, waren die angesagten Musiker dieser Zeit. Man muss sich einmal vorstellen, eine halbe Million Besucher auf diesem Festival. Auch heute noch eine Menschenmenge, die nur selten erreicht werden kann. Die großen Fußballstadien erreichen gerade mal 70 bis 80 Tausend Besucher heutzutage. Leider hatte die größte Band der damaligen Zeit, die

Beatles, die Rolling Stones und Sänger wie Elvis Presley und Bob Dylan keine Zeit oder kein Interesse. Es gab aber auch eine traurige Nachricht in diesem Jahr aus der Musikwelt, denn der britische Leadgitarrist und Mitbegründer der „Rolling Stones" Brian Jones wurde in seinem Schwimmbad in seinem Anwesen in Sussex (England) tot aufgefunden. Er wurde damit auch in den sogenannten mysteriösen „CLUB 27" aufgenommen. Auch Jimmy Handrix, Jannis Joplin, Jim Morrison und die in deutscher Sprache singende Alexandra, (Mein Freund der Baum) bis hin zu Emi Winehouse, wurden alle nur 27 Jahre alt.

Aber es gab natürlich noch andere weltbewegende Ereignisse. Am 20. Juli 1969 landete zum ersten mal in der Weltgeschichte, eine, mit Menschen bemannte Raumkapsel auf dem Mond im Rahmen der „Mission Apollo 11". Am nächsten Tag betrat der Astronaut Neil Armstrong als erster Mensch unseren Erdtrabant und sprach die legendären Worte „Das ist ein kleiner Schritt für den Mensch aber ein rissiger Sprung für die Menschheit". Auf der anderen Seite waren es schlimme, schreckliche Schritte für die Menschheit mit diesem Krieg in Vietnam und ein riesiger Sprung in die Unmenschlichkeit. 100.000 Jugendliche, demonstrierten in vielen Ländern und brachten eine Wende in diesen fürchterlichen, ungerechten Krieg. Aber zurück nach Deutschland, hier wurde in Ostberlin der neue Fernsehturm von Walter Ulbricht eröffnet. Der

Walter Ulbricht, der kurz vor dem Mauerbau 1961 noch im Fernsehen gesagt hatte, „Niemand hat die Absicht eine Mauer zu bauen". Am selben Tag der Eröffnung gab er ein „zweites" Fernsehprogramm in Schwarzweiß frei und dieses wurde anfänglich nur 17 Sendestunden in der Woche gesendet, einfach lachhaft. Darüber kann man sich heute nur noch wundern. Ja das waren die Anfänge der TV Welt in der DDR, kaum vorstellbar nach so wenigen Jahrzehnten und besonders für die heutige Generation der digitalen Google, Microsoft, Apple, Facebook und Twitter Welt. Aber so war das damals 1969 und am Rande der Nachrichtenwelt wurden andere kleine Ungerechtigkeiten der kommunistischen Länder bekannt. Wer erinnert sich noch an den Langstrecken-Weltrekordler und Olympiasieger „Emil Zatopek"? Er wurde aus der damaligen tschechoslowakischen kommunistischen Partei ausgeschlossen und aller seiner Ämter enthoben, nur weil er am Prager Frühling teilgenommen hatte. Ein Schrei nach Gerechtigkeit und Freiheit. Die Begründung der Partei lautete damals, er hätte „die Grundsätze der Entwicklung der sozialistischen Gesellschaft nicht verstanden". Klingt doch sehr nach den gleichen Prinzipien wie sie in der DDR ausgeführt wurden. Wer auch nur eine Zeile in seinen Liedern der Freiheit oder der Grenzenlosigkeit gewidmet hatte, der bekam Auftrittsverbot oder wurde ausgebürgert. Sogar das alte Volkslied „Die Gedanken sind frei" wurde verboten. Der Ruf nach Freiheit,

Gerechtigkeit und Pressefreiheit war damals in allen kommunistischen Ländern eine Straftat. Ja, liebe Jugend von heute, ihr wisst überhaupt nicht wie gut ihr es heutzutage habt. Auf jeden Fall war es ein ereignisreiches und spannendes Jahr. Alex hatte sich seit einem Jahr gut in die Band „Black Eagles" eingelebt und wollte nun als Bandleader seine eigenen Ideen durchsetzen. Doch unerwartet stieß er bei den Bandmitgliedern auf großen Widerstand. Die Idee, einen eigenen Stil und eigene Lieder zu produzieren, um auf die Dauer erfolgreich zu sein, wollte keiner mitmachen. Ihr Argument dagegen war einfach und plausibel: „Die Leute wollen bei unseren Auftritten nur Stimmung, die neuesten internationalen Songs hören und keine unbekannten selbstgebastelten Lieder."

Ok, denkt sich Alex, mal sehen, was gerade angesagt ist. Abgesehen von den Top Gruppen wie den Beatles und den Stones, schwappte gerade eine neue Welle aus den USA herüber. SOUL war das Zauberwort, und schwarze Sängerinnen und Sänger wie Aretha Franklin, Ike and Tina Turner, Percy Sledge, Wilson Pickett und vor allem Otis Redding waren genau das, was sich Alex vorgestellt hatte. Es passte genau in sein Gefühlsleben, denn Soul heißt ja Seele und genau daher kamen die Lieder, aus der Tiefe der menschlichen Seele. Alex konnte nun sagen, hier sind die neuesten Songs aus den Vereinigten Staaten, und ich möchte gerne einige in unser Repertoire aufnehmen. Mürrisch wurde seinem Wunsch entsprochen, und er begann die Lieder von Otis einzustudieren. Für ihn war Otis der ungekrönte König des Soul. Lieder wie „The dock of the bay" „I´ve been loving you too long", „Hard to handle", „Old man trouble", „My lovers prayer", „Pain in my hard" und einige mehr, wurden eingeübt und waren ein riesiger Erfolg auf der Bühne. Die meisten Lieder waren langsame Soulstücke, die wohl aus dem Blues entstanden waren. Bei „I´ve been loving you too long" konnte Alex seinen ganzen Emotionen freien lauf lassen. Wenn die musikalische Kaskade in diesem Song nach oben ging, fiel er am Höhepunkt auf die Knie und umklammerte das Mikrophon mit beiden Händen, um dann seine Gefühle „Don´t make me stop now, because i love you" hinaus zu schreien, und dabei schaute er von der Bühne herab auf den kleinen Teenager Laura. Die konnte ihre Zuneigung nur schwer verbergen, und ihr Gesicht erglühte des öfteren bei diesem Lied. Das waren auch die Höhepunkte für die Jugend an den Wochenenden in den Stadthallen, Bürgerhäusern und Discotheken auf dem Land. Gleichzeitig ging diese Entwicklung aber an den alten Herren der öffentlich rechtlichen Fernsehsender vorbei. Die konservativen Programmdirektoren setzten auf die altmodischen Volkslieder und Schlager der fünfziger Jahre und beeinflussten damit ganze Generationen bis heut, was Alex sehr bedauerlich fand. Da es damals keine richtigen internationalen kosmopolitischen Musiksendungen gab, wurde die Mehrheit zu nationalen Schlagerpatrioten erzogen, die immer nur die stupiden Melodien hörten und sie immer nur auf den langweiligen Einser Rhythmus klatschen liess. Dafür gab es dann eine Starparade für diese langweiligen Schlager. In dieser ZDF Show gab es keinen einzigen Sänger wie Jimmy Hendrix oder Bob Dylan, geschweige denn Soul oder Rock-Gruppen oder Bands wie die Beatles oder Rolling Stones, die dort aufgetreten sind. Wir nannten Deutsche Schlager einfach nur Schnulzen mit kleinkarierten Texten. Schon die trivialen Reime wie „ Herzilein, Du bist mein Sonnenschein" oder in späteren Jahren ein blonder Sänger singt „Schwarz-Braun ist die Walnuss, schwarz-braun bin auch ich", oder eine jämmerliche Stimme singt „Es fährt ein Bus nach nirgendwo mit mir als einzigen Passagier". Viele solcher beknackten Lieder mit Deutschen Schwachsinnstexten wurden da bis zum Abwinken vorgestellt, und nur ab und zu, als Alibi, da war auch ein Ausländer dabei um den Schein zu waren.

Abgesehen davon hatten auch die Beatles mal einen Flop wie z.B. „Ob-la-di Ob-la da" was aber dank ihrer Popularität trotzdem sehr gut verkauft wurde. Es war ein Trauerspiel für Alex und seiner Meinung nach auch für ein Land, was einstmals als das Land der Dichter und Denker bekannt war. Samstagnachmittag war da eine Sendung im ZDF für Millionen eine Gelegenheit, die „wunderbare Entwicklung" des Deutschen Liedgutes zu verfolgen. Der Moderator, ein gewisser Detlef Thorsten Beck, gab sich große Mühe, in jahrmarktartiger Manier die verkorksten deutschen Schlager wie Sauerbier anzupreisen. Da wurden in schneller Folge die Titel angesagt. Das hörte sich an wie eine Maschinengewehrsalve, und das ewige künstliche Dauergrinsen der aufgetakelten möchtegern Stars, ging den Rock-Beat-Soul wilden Jugendlichen gehörig auf den Geist. Eine heile Welt vorgaukeln und die Zuschauer animieren, immer nur den „Einser Rhythmus" zu klatschen, das war den modernen Musikern zu langweilig, zu primitive, so richtig zum Abgewöhnen so wie die ganze Starparade mit Detlef Thorsten Beck. Es war für Rock und Soulliebhaber ein Samstagnachmittag, um sich über die dummen Schlagerfuzzis aufzuregen. Aber die Menschen hatten ja überhaupt keine andere Wahl, denn es gab ja keine eine Alternative, und die Schlagermacher hatten einen guten Draht zu den Intendanten der Fernsehanstalten. Die Zuschauer wurden von den alten, konservativen, spießbürgerlichen Programmgestaltern über Jahrzehnte zu Schlagerliebhabern erzogen. Da kann man ja heute nichts anderes von dem allgemeinen Musikgeschmack erwarten. Alex wollte damals etwas dagegen halten, aber seine Auftritte waren nicht in den Massenmedien Fernsehen vorhanden, sondern nur in gelegentlichen Wochenendauftritten mit ungefähr zwei- bis dreihundert Zuschauern. Keine Chance, die rollende Dampfwalze „Schlager-Erziehung" in Deutschland aufzuhalten. Trotzdem wollten die jungen Wilden dreimal in der Woche proben, damit sie wenigstens die neuesten Songs so gut wie möglich wiedergeben konnten, um auch gegen die einfallslosen Vollplaybacks der Fernsehstars zu bestehen.

Der Proberaum lag in einem kleinen Ort namens Dudenhofen in einem alten Stadthaus. Ein paar alte Betonstufen führen hinab in den Keller, in dem ein etwas muffiger Geruch nach Kohle, Altpapier, Kartoffeln und feuchten Wänden gemischt mit Heizöl und Zigarettengestank dem Besucher entgegenschlug. Der Raum war nicht sehr groß, so ca. 5 x 8 Meter, und die Wände waren mit Eierkartons gepflastert, damit man von der lauten Musik draußen auf der Strasse und bei den Nachbarn nicht so viel mitbekommen sollte. Zwei kleine Fenster in Augenhöhe waren mit Styropor abgedichtet, und an den anderen Wänden hingen ein paar alte Plakate von bekannten Rocksängern, zusammen mit einigen Pin-up Girls vom Playboy. Eine alte Neonröhre gab ein bleiches Licht und hatte schon bessere Tage gesehen, denn sie flackerte ab und zu so, als ob sie gerade ihren Geist aufgeben wollte. Schlagzeug, Verstärker, Lautsprecher, Gitarren, Bass, elektrische Orgel, Saxophone und Trompete, alles zusammen mit einigen alten Möbeln, musste hier seinen Platz finden. Sieben Bandmitglieder und manchmal ein paar zuhörende Fans aus der Gegend kamen in diesen Keller drei mal die Woche zusammen. Am Schlagzeug saß ein hagerer Junge mit einer scharfen geraden Nase und hörte auf den Namen Manni. Er hatte etwas längere Haare, die er sich ständig aus dem Gesicht wischte. Am Bass stand Hans, der immer einen Scherz auf den Lippen trug und für seine blödsinnigen Streiche bekannt war. Sein schütteres Haar ließ vermuten, dass er frühzeitig eine Glatze haben würde. Er war schlank und drehte sich ständig mit einer kleinen Klapp-Blechdose einen selbstgemachten Glimmstängel, dem er ab und zu etwas Haschich hinzufügte. An der Orgel und dem E-Piano saß Martin, ein etwas korpulenter, introvertierter Junge, der die Gruppe immer durch seine dicken Brillengläser anschaute, und er war der einzige im Team, der richtig Noten lesen konnte. Er gab der Band immer die Anweisung, welche Harmonien sie gerade zu spielen hatten. Ohne ihn hätten die einzuübenden Stücke wesentlich länger gedauert und wären wohl ab und zu im Chaos geendet. Er war Nichtraucher, und jedes Mal wenn sich Hans eine Zigarette drehte, schaute er empört zu Hans hinüber und stupste sich seine Brille wieder auf der Nase zurecht. Eddi spielte Rhythmus-Gitarre, Trompete und war der zweite Leadsänger der Band, er versuchte immer, die Proben so gut wie es ging unter Kontrolle zu bekommen. Sein Lieblingslied war „Nights in white satin" von den Moody Blues, welches er mit Hingabe auf der Bühne präsentierte. Die Melodiegitarre wurde von Ewald gespielt, dem Bruder von Laura. Er war ein zurückhaltender introvertierter Mensch und zeigte wenig Emotionen, man wußte nie was er gerade denkt. Er hielt sich mit Kommentaren zurück, daher konnte man seine Meinung nur selten erraten, und jeder in der Band wußte nicht so recht was er von ihm halten sollte. Dann gab es noch Karl-Heinz, der Saxophonist, er war ein ruhiger Vertreter der Band, der sich immer im Hintergrund hielt und den anderen keinen Grund für Streitigkeiten gab. Die Hauptsache für ihn war, dass er sein Saxophon spielen und seinen neuen Opel Rekord-Coupe so oft wie möglich von seinem Ort zu unserem Ort fahren konnte. Dabei legte er sehr viel Wert auf einen rauchfreien Innenraum seines Coupes, und einen immer Tipp-top gepflegten Zustand seines Wagens. Zusammen mit Eddi spielt er den Bläsersatz für die Soulnummern und einige Solos zur Entlastung von Eddi und Alex, die dann eine kleine Pause einlegen konnten. Karl-Heinz konnte dann sein ganzes Können auf der Bühne ausleben. Alex hatte sich ganz und gar auf die Blues und Soulnummern spezialisiert. Abgesehen von Otis Redding, seinem Favorit, sang er auch die Balladen von Jimmy Hendrix, „The wind cries mary" und natürlich „Hey Joe", der in seinem Text die Ermordung seiner Freundin besingt. Die Zeilen lauten auf Deutsch: „ He Joe, wohin gehst Du mit der Knarre in der Hand ?", „Ich gehe runter und erschieße meine Frau, weil ich sie mit einem anderen erwischt habe". Ein sehr emotionsgeladener Song, der die krasse Reaktion eines Betrogenen besingt. Testosterongesteuerte Machos sind immer auf Gewalt aus, wenn sie betrogen werden. Aber wenn sie selbst betrügen, ist das in Ordnung, denkt Alex. So sehr er auch diesen Ausnahmemusiker bewunderte, konnte er trotzdem keine Rechtfertigung für einen Mord finden, der in diesem Song besungen wird.

Alex war ein begabter Musiker und Maler, aber auch ein durchtrainierter Sportler, der in seiner Jugend mit seinem Vater und seinen Brüdern auf vielen Sportplätzen einige Siege errungen hatte. Er war ein recht polyvalenter junger Mann, der in seinen Charakterzügen mehr Mitgefühl zeigte als andere, denn er hatte eine tiefe Zuneigung für alle Lebewesen und war immer ein großer Tierfreund, der sich auch für den Tierschutz einsetzte. Als Schüler hatte er den „Waldläuferbrief" bekommen für sein Engagement der Wildtiere. Er wollte immer Förster werden, aber Musik und Malerei hatten es ihm auch angetan, und so fühlte er sich immer hin und her gerissen. Vielseitigkeit kann auch ein Hindernis im Leben und auf dem Weg zum Erfolge sein, das musste er schweren Herzens erkennen, denn durch einen Verkehrsunfall musste er schon gezwungenermaßen seine sportliche Laufbahn aufgeben. Aber seine Vielseitigkeit machte ihn zu einen umgänglichen und geachteten Mitglied in der Band.

Und hier waren sie nun alle an einem Freitagabend im Keller dieses kleinen Hauses versammelt. Sie waren schon eine ziemlich seltsame, unterschiedliche Truppe. Alex ruft in den Raum hinein:

„Sind alle da?" und stellt seinen Kassettenrekorder auf die alte Kommode an der Wand. Weil keine Antwort auf seine Frage kommt, geht er gleich zur nächsten Frage über. „Ist Manni heute nicht gekommen?" Er wusste ganz genau dass der Schlagzeuger jedes mal zu spät kam. Eddi, der Rhythmusgitarrist und Sänger, versucht zu beruhigen, „Der kommt bestimmt gleich, Du weißt doch wie er ist, oder?" Ewald, der Melodiegitarrist, öffnet seinen Gitarrenkoffer und holt seine Fender Stratocaster heraus. Sie ist sein ganzer Stolz, denn nicht jeder hat eine „echte" Stratocaster. Die meisten sehen genau so aus, sind aber ein Nachbau aus Japan oder Korea, aber nein, seine Gitarre musste schon eine echte Fender aus den USA sein. Er nimmt sie in die Hand und hängt sie mit dem Gurt über die Schulter. Dann legt er den Schalter von seinem Marshall Verstärker um und stellt die Lautstärke ein. „So, jetzt kann es endlich losgehen", lässt er trocken verlauten. Martin an der Orgel und dem elektrischen Klavier, hat sich schon lange mit seinem Instrument beschäftigt und schaut zu Hans hinüber „Schlag doch mal ein paar Basstöne an, damit wir endlich in die Gänge kommen." „Halt, Stopp, bevor ihr anfangt", ruft Alex dazwischen, „ich habe noch eine Überraschung mitgebracht", und holt eine neue Kassette aus der Tasche. „lass mich raten", stöhnt Eddi „noch eine Soulnummer von Otis Redding?" „Du hast es erraten Eddi, es ist einfach eine affengeile Soulnummer, hör mal hin." Alex drückt auf Wiedergabe, und die Gitarre mit den einzeln angeschlagenen Seiten erklingt im langsamen Rhythmus, dann beginnt die Stimme von Otis „I´ve got dreams, dreams to remember, Ive got dreams, dreams to remember, Honey I saw you there last night, another man´s arms holding you tight, noboody knows what I feel inside, all I know , I walked away and cried. I´ve got dreams, dreams to remember." Einen Moment lang herrscht Stille, doch dann gibt einer nach dem anderen ein anerkennendes Nicken von sich. Eine starke, gefühlvolle Nummer. Karl und Eddi setzen zu einem kurzen Bläsersatz an und meinen „Ja, das hört sich gut an, der Bläsersatz ist zu machen, eine Herz zerreisende Nummer und ist auch einfach zu spielen." Manni, der Schlagzeuger, kommt nun auch in den Proberaum und meint: „Hab dieses Stück auch schon im Radio gehört aber wer soll den Chor singen?" Hans meint trocken „Der, der immer zu spät kommt", und zupft ein paar Basstöne ab. Martin versucht zu schlichten und meint: „Wir beide können doch in ein Mikrophone den Chor singen und Karl und Eddi spielen den Bläsersatz in das andere Mikro, denn Alex braucht ja das dritte Gesangsmikrophone zu singen, ok?" „Ja dann lass uns endlich mal anfangen, sonst haben wir heute Abend wieder nichts einstudiert" ,lässt nun auch Ewald seine Meinung hören, und hat auch schon den Gitarrenlauf einigermaßen drauf, mit dem der Song beginnt. Karl und Eddi hören sich den Bläsersatz noch ein paar Mal an und tatsächlich klappt es bei den beiden nach wenigen Versuchen.

„Hört sich doch schon gut an", meint Alex und holt sein Textblatt heraus. Nach einigen Versuchen hört man schon die tiefe Verbindung mit dem Song, und alle sind der Meinung, dass es in der nächsten Probe nur noch besser werden kann. Manni muss schon wieder gehen, er hätte noch eine wichtige Verabredung sagt er. Alex denkt „Als letzter kommen und als Erster gehen, hoffentlich klappt das dann auf der Bühne." Er ruft noch mal alle dazu auf, das Nächste mal pünktlich zu kommen und sich das neue Lied auch mal zu hause anzuhören. Gesagt, getan, und tatsächlich wird dieses Lied ein sehr gefragter Titel im Repertoire der Black-Eagles. Für den nächsten Auftritt hatte Alex etwas Besonderes vorbereitet und wollte die Band damit überraschen. Als gelernter Dekorateur und Grafiker hatte er einen Umriss eines Adlers entworfen und diesen auf schwarzen Stoff übertragen. Diesen Stoff hat er dann von seiner Mutter, die eine gelernte Schneiderin war, ausschneiden lassen und auf sieben Oberhemden aufnähen lassen. Die Hemden hatten eine veloursartige glänzende Oberfläche in hellem Ocker mit kleinen schwarzen Punkten. Das war wohl auch der Grund, warum sie Alex im Ausverkauf für nur wenige Mark ergattert hatte. Aber der Adler passte wie die Faust aufs Auge und für den Bühnenauftritt waren sie einfach ideal. Alle mit dem gleichen Hemd beim Auftritt, musste doch einen hammermäßigen Eindruck auf die Leute machen. Bei der nächsten Probe brachte er die „Black-Eagle-Hemden" mit, und die

Jungs hatten ihre Freude daran. Doch nach drei, vier Auftritten hatten dann einige Mitglieder das Hemd vergessen (Ist noch in der Wäsche) und beim fünften Mal hatte es keiner mehr dabei. Da stand wieder die alte bunte Gruppe, einer mit T-Shirt, einer mit Kordhemd, einer mit weißem Oberhemd und die anderen im gestreiften oder karierten Freizeithemd. So hatte sich Alex das nicht vorgestellt. Seine Idee war, dass er sich bei den Menschen als Band mit dem schwarzen Adler auf der Brust in Erinnerung bringen wollte, aber sein Konzept ging nicht auf. Wenigstens hatten sie seinen Schriftzug für die Band, der auch auf der Basstrommel zu sehen war, akzeptiert.

Ohne Manager geht es nur schwer vorwärts, und deshalb haben Black-Eagles auch einen schlaksigen jungen Mann mit dem Namen Dietrich, den jedoch alle nur „Dittie" nennen. Der kümmert sich immer um die nächsten Auftritte und macht die Verträge klar. Dafür bekommt er den gleichen Anteil an Gage wie die Bandmitglieder. Natürlich muss er bei jedem Auftritt dabei sein, und übernimmt dabei die Bühnenbeleuchtung, die auch manchmal mit farbigen Spots im Rhythmus der Musik begleitet wird. Damals gab es noch keine computergesteuerten Rhythmus-Beleuchtungen, und alles musste per Hand geschaltet werden. Dittie befand sich meistens hinter dem großen Bühnenvorhang und versuchte, sich einen Überblick über die gesamte

Saalbeleuchtung zu verschaffen. Das gelang ihm aber nur bedingt. Da er ein wenig tollpatschig veranlagt war, kam es auch mal vor, dass er in Mitten der Aufführung etwas Besonderes machen wollte, und dabei einen Kurzschluss verursachte. PENG ! Alles war dunkel, und außer dem Schlagzeug war nichts mehr zu hören. Manni wurde dann schleppend langsamer und leiser, bis dann die ganze Band wie aus einer Kehle schrie „DITTIEEEE !" „Du Blödmann, schalt sofort die Sicherung wieder ein" Danach konnte man im Dunkel ein Feuerzeug hinter der Bühne erkennen, wie es sich hektisch hin und her bewegte, und kurze Zeit später war der Saal wieder beleuchtet und die Instrumente wieder hörbar. Das alles wurde von einem großen Gelächter und Pfiffen begleitet. Das war Dittie, ein etwas verschrobener und seltsamer Mensch zugleich. Alex hat ihn einige male begleitet um ihn bei Treffen mit Veranstaltern oder auch Gemeindeverwaltungen zu unterstützen. Er hat immer versucht eine gute Gage zu erzielen, da er ja Mitverdiener war, aber das große Geld war leider nicht zu machen.

An einem schönen Sommertag 1969 war er wieder mit Alex unterwegs in eine nahegelegene Ortschaft. Er war ja ein groß gewachsener Kerl und Alex hat sich schon öfters über seinen PKW gewundert. Ein Mann von 185 cm kauft sich ein Goggomobil-Coupe in Ferrari Rot und denkt wirklich, es wäre ein Sportwagen. Er konnte sich ohne große Mühe auf sein Dach setzen, und brauchte einen Schuhlöffel, um ins Auto zu kommen. Wenn er endlich drinnen war, wurde der 250 ccm Motor gestartet, und die geballte Kraft von 15 PS beschleunigte dieses Gefährt bis zur Höchstgeschwindigkeit von satten 85 wahnsinnigen Stundenkilometern in ca. einer halben Minute. Dieser kleine Zweisitzer war Ditties ganzer Stolz, und Alex wurde es immer etwas mulmig, wenn er mit ihm in dieser Seifenkiste unterwegs war. An diesem Tag wollten sie einen neuen Auftritt ergattern, um im Rahmenprogramm einer großen englischen Band zu spielen. Es handelte sich um PROCUL HARUM mit ihrem Welterfolg „A whiter shade of Pale" den Eddie zu seinem Lieblingslied gemacht hatte. Dittie gab Gas, und das kleine Goggomobil Coupe jagte über die Landstrasse in Richtung Heusenstamm. Alex war mal wieder nicht sehr wohl als Beifahrer, und er versuchte Dittie etwas zu beruhigen, in dem er ihn zu mäßiger Fahrweise aufforderte. Doch Dittie bekam das in den falschen Hals und wollte nun mal erst Recht so richtig zeigen, was man aus seinem kleinen Coupe alles herausholen konnte. Dabei erzählte er lauthals und fuchtelte mit den Armen und Händen ständig in der Luft herum. Alex versuchte ihn wieder und wieder zu beruhigen und meinte, er solle doch die Hände am Lenkrad lassen, aber das brachte Dittie nur noch mehr auf die Palme, und er rief Alex zu: „Ich bin ein sehr guter Autofahrer, soll ich Dir jetzt mal zeigen was alles in meinem tollen Goggo Coupe steckte ?" Er gab Vollgas und holte alles aus dem Winzling heraus, was es herauszuholen gab. Es ging eine Landstrasse entlang, eine Allee mit vielen Bäumen rechts und links. Der anhaltende Regen gab Alex zu denken, und er meint noch „Dittie vorsichtig, es hat erst stark geregnet, also mach kein Scheiß und fahr etwas langsamer in den Kurven", aber Dittie liess sich nicht beeindrucken, und mit überschwänglichen Optimismus ging er in die nächste Kurve. Doch die kleinen dünnen Räder und die nasse Strasse waren wohl nicht kompatibel mit den Reifen, und so landeten sie, zwischen zwei Bäumen hindurch, eine kleine Böschung hinunter, in einem Feld. „Scheiße, verdammt noch mal Dittie!" rief Alex. Er war heilfroh, dass es nicht zu größeren Schäden gekommen war. „Mensch Dittie, ich hab dich doch kurz vorher noch gewarnt, bei diesem scheiß Wetter musst Du etwas langsamer zu fahren" „Ja ja, ich wollte halt schnell zum Veranstalter, damit wir den Gig bekommen" liess Dittie ihn kleinlaut wissen. „Jetzt kommen wir auf jeden Fall nicht so schnell zum Veranstalter" gab Alex zurück. „Lass mich mal machen" rief Dittie und gab schon wieder Gas. Mit Vollgas versuchte er die kleine Böschung wieder hochzufahren, um auf die Landstrasse zu kommen, aber auch das Unterfangen misslang, und langsam rutschte der kleine Wagen wieder zurück ins Feld. Alex hatte jetzt die Nase richtig voll. „Dittie, wir schieben jetzt den Wagen bis an eine seichte Stelle, und dann kannst Du wieder Gas geben, ok, aber vorsichtig bitte!" Gesagt, getan und nach einigen Minuten waren sie wieder auf der Landstrasse. Etwas durchnässt und mit verdrecktem Goggomobil kamen sie gerade noch rechtzeitig in Heusenstamm an. Zu beider Überraschung konnten sie den Vertrag für das Vorprogramm ergattern und waren auf dem Heimweg ziemlich guter Laune, und der kleine Ausrutscher war fast vergessen. Das war dann doch das letzte Mal, dass Alex in Ditties Auto mitgefahren ist.

DIE GROSSE LIEBE LAURA

Die meisten Auftritte mit Alex und den Black Eagles, fanden in den Dörfern der näheren Umgebung statt, in der die Bandmitglieder auch aufgewachsen waren. Also im heutigen Rodgau. Die Dörfer Jügesheim, Dudenhofen, Nider-Roden, Rödermark und Ober-Roden wurden in den Siebziger Jahren zusammengelegt und hießen seit dem Rodgau. Die Bürgerhäuser oder Turnhallen in diesen Gemeinden waren die hauptsächlichen Veranstaltungsorte, in denen die Black Eagles auftraten. An einem Wochenende im Winter 1969 war die Band mal wieder im Bürgerhaus in Dudenhofen. Die meisten Jugendlichen dort kannten die Band, und für die Black Eagles war es ein Heimspiel. Alle Mitglieder hatten schon eine Freundin, nur Alex war noch zu haben. Er hatte aber keine Eile, da er erst vor kurzer Zeit eine Enttäuschung erlebt hatte, und sich von dieser Freundin aus Mühlheim trennte. Der Grund dafür, weil sie es nicht so genau nahm mit dem Begriff „Treue". Aber das war für Alex ein Muss. Das Bürgerhaus in Dudenhofen war gut gefüllt, draußen lag Schnee und die Band hatte schon einige Titel gespielt. Die kleine Schwester von Ewald war auch wieder dabei und hatte ihre Kusine Ursula mitgebracht. Beide hatten sich mit den anderen Mädels aus der Band an einem Tisch nahe der Bühne niedergelassen. Ein Tisch voller schöner junger Frauen, die alle respektiert wurden, denn alle wussten, wer zu der Band gehörte, war für andere tabu. Rita, die Freundin von Eddie, hatte Alex zum wiederholten Mal zum Tanz aufgefordert, wenn Eddie, ihr Freund, seine Lieder auf der Bühne sang und er Pause hatte. War es nun Mitleid weil er offiziell keine Freundin hatte, oder wollte sie mit ihm anbändeln, das war hier die Frage. Alex wollte keinen Konflikt mit seinem Bandmitglied Eddie, weil sie mit ihm zusammen war. Er hatte jedes Mal eine Ausrede, um nicht in die Verlegenheit zu kommen, mit ihr zu tanzen. Außerdem hatte er die kleine Schwester von Ewald, dem Gitarristen, nun schon ein paar mal gesehen und fand diese einfach goldig. Er kannte Laura ja schon vom sehen, da sie öfters zu den Veranstaltungen mitgekommen war. Er mochte diesen kleinen Teenager sehr, aber ohne sie in irgendeiner Weise als Freundin in Betracht zu ziehen. Mit ihren 16 Jahren war sie für ihn viel zu jung und wirklich nur die kleine Schwester vom Gitarristen. Seine letzte Freundin war 20 Jahre und somit vier Jahre älter als Laura, und nur ein Jahr jünger als er selbst. Das schien ihm das richtige Altersverhältnis zu sein. Als nun Eddie sein Lieblingslied auf der Bühne zum Besten gab, hatte Alex Zeit, sich an den Tisch der schönen Mädels zu setzen. Das langsame Stück von Eddie „Nights in white satin", brachte Alex auf die Idee, Laura auf einen Tanz aufzufordern, bevor Rita ihn auffordern würde. Es war für ihn eine willkommene Lösung, zwei Fliegen mit einem Schlag konnte er erreichen, damit keine der Mädels auf falsche Gedanken kommen würde, und keiner der Musiker einen Grund zur Eifersucht hatte. Also mischte er sich mit Laura unter die Menge und hatte viel Spaß an dem langsamen Lied, und konnte zur gleichen Zeit die Einstellung der Gesangsanlage kontrollieren, ob sie zu laut oder zu leise war. Laura strahlte ihn an und nach kurzer Zeit schmiegte sie sich dicht an ihn an. Sie fühlte sich an wie eine leichte Feder, die im Rhythmus der Musik schwebte. Oha, dachte Alex, das Kind scheint mich zu mögen. Er betrachtete sie etwas genauer, und ihr liebliches Gesicht mit den Sommersprossen, ihr welliges, kastanienfarbiges Haar, welches ihr bis über die Schulter fiel, gefiel ihm von Minute zu Minute immer mehr. Warum war ihm das vorher nicht schon aufgefallen, dachte er? „Sie ist so ein liebreizender, hübscher kleiner Teennager", und dabei schaute er ihr tief in ihre großen grünen Augen. Das war die sogenannte Liebe auf dem „zweiten" Blick. Dieser Tanz veränderte alles an diesem Abend. Er lächelte sie an, und sie erwiderte seinen Blick mit einem hinreissenden Lächeln, in dem geschrieben stand „Ich liebe Dich". Das konnte Alex direkt fühlen, und von diesem Augenblick an war es um ihn geschehen, und aus seiner eh schon großen Zuneigung entbrannte eine tief empfundene Liebe. Die Mädels am Tisch hatten die Annäherung mitbekommen und schauten nun etwas ungläubig und irritiert auf das ungleiche Paar. Er einen Meter und Achtzig Zentimeter groß und kräftig, schon 22

Jahre, und sie ein Schulmädchen, zierlich und klein, gerade mal Einen Meter Sechsundfünfzig mit nur 16 Jahren. Alex wusste nun, es wird ein schwerer Kampf, wenn diese Liebe bekannt werden würde. Er versuchte also vor den anderen alles als vorübergehende Liaison aussehen zu lassen. Ein kleiner Flirt, sonst nichts. Als sie wieder am Tisch saßen, versuchte er alles zu überspielen, indem er Laura fragte, wie alt sie denn sei. Sie erkannte seine Absicht und spielte sofort mit, und antwortete mit einem schüchternen Lächeln, sie gehe noch zur Schule und sei erst 16 Jahre alt. Alex fragte weiter, wann sie denn Geburtstag hätte. Laura antwortete darauf „Ich habe am 2. Mai Geburtstag." „Das ist ja toll!", ruft Alex, „was für ein Zufall, ich habe auch Anfang Mai Geburtstag". Die Freude war auf beiden Seiten groß, und dieses belanglose Plaudern brachte erst einmal Ruhe in die aufkeimenden Verdächtigungen der anderen Mädels. Fremde, die hier nicht geboren waren, wurden damals als „Eingeplackte" oder auch manchmal als „Rucksack" bezeichnet. Ein Außenstehender war also nur geduldet und sollte sich nicht in die örtlichen Angelegenheiten einmischen, am besten sich bald wieder vom Acker machen. Es waren also nicht die besten Voraussetzungen für eine unbeschwerte Liebe zwischen einer Einheimischen und einem „Fremden". Gegen elf Uhr machte die Band eine Pause, und Laura sagte zu Alex, dass sie nun langsam nach Hause müsse. Ihre Mutter ließ sie nur zur Veranstaltung gehen, weil ihr älterer

Bruder Ewald in der Band spielte. „Ok", sagte Alex, „ich begleite Dich noch nach draußen". Gesagt, getan, und vor dem Eingang des Bürgerhauses wartete schon ihre Kusine Ursula. „Na dann kommt gut nach Hause, ihr zwei" ruft Alex und will sich schon umdrehen. Doch Laura packt ihn am Arm und gibt ihm schnell einen Kuss auf den Mund. „Ursula weiß Bescheid, sie wird uns nicht verraten", sagt sie aufgeregt und verschwindet mit ihr in Richtung Bushaltestelle. „Wow, was für ein süßes kleines Geschöpf", denkt Alex und geht wie verzaubert wieder zurück in die Halle. An diesem Abend fahren die Gefühle mit Alex Achterbahn. „Darf ich diese Gefühle zulassen, oder ist sie womöglich doch zu jung für mich?" „Soll ich ihre Liebe erwidern, oder sollte ich jetzt einen Schlussstrich ziehen?" All diese Fragen gingen ihm ständig durch den Kopf, und es war ein auf und ab der Gefühle. Am Ende siegte die Emotion, die Zuneigung und die Liebe, ja sogar der Wille, mit ihr alles durchzustehen und sie zu beschützen.

Dann kam der große Abend als Vorband der weltbekannten Band „Procol Harum" in Heusenstamm. Es war Ostermontag, der 7. April 1969 und die Halle war ausverkauft. Der Eintrittspreis lag bei stolzen 4 DM und 50 Pfennige, das waren damals noch Preise. Heute wären das gerade mal 2 Euro und 25 Cent. Die allgemeine Gier nach immer mehr macht uns heute zu Sklaven des Geldes und gleichzeitig wird der Unterschied zwischen reich und arm immer größer. Rücksichtslosen Großkonzerne und ihre Vorstandsvorsitzenden, Banken mit ihren dubiosen Geldanlagen und korrupte Politiker schwimmen im Geld und kreieren eine Gesellschaft des Neides, der Missgunst, der Gier nach immer mehr in der Bevölkerung. Die Gier dieser Leute lässt den Unterschied zwischen reich und arm immer größer werden und die Auswirkung wird sein, dass viele Menschen vor Hunger und Armut flüchten müssen, und die Reichen sich dann abschotten, um ihren Reichtum zu verteidigen. Das kann auf die Dauer nicht gut gehen. Die Geschichte scheint sich zu wiederholen, früher waren es die Anführer der Klans, die Fürsten und die Könige, und dann die politischen Diktatoren und Despoten, die sich immer wieder an der Bevölkerung bereichet haben und bis zum heutigen Tag der Meinung sind, es wäre ihr Geburtsrecht. Diese Ungerechtigkeit stinkt zum Himmel! Der Autor gibt an dieser Stelle zu, dass seine Gefühle hier mit ihm etwas durchgegangen sind und er sich etwas von seiner Story entfernt hat. Es ist der heutigen politischen Situation geschuldet (2017), sorry.

Zurück zum Abend als Vorband bei „Procol Harum". Die Spannung hatte sich zum Bersten gesteigert und konnte nur durch den ersten Auftritt entladen werden. Die Halle war rammelvoll und alle wollten, dass es endlich losging. Die „Merciful" hatten nun die schwere Aufgabe, als erste Band des Abends einen guten Anfang zu schaffen. Ihre Songauswahl war zwischen Beat und Blues und hatte nur mäßigen Applaus zur Folge. Das konnte man natürlich der wachsenden Spannung schulden, die sich auf den Hauptakteur des Abends konzentrierte. Dann kamen die „Black Eagles", und Alex legte gleich mit „Hard to handle" von Otis Redding los. Der Bläsersatz gleich am Anfang, der sich wie eine Kaskade erhebt und gleich wieder zurückfällt, eröffnet dieses Lied mit dem folgenden Text: „Baby, here I am, Im the man on the scene, I can give you what you want but you got to come home with me", damit hatten die Black Eagles schwung in die Bude gebracht. Danach folgte der Hit der damaligen Zeit: „Sittin on the dock of the bay", der mit dem Bass von Hans begann und der die Hoffnungslosigkeit der damaligen schwarzen Bevölkerung in Amerika zum Ausdruck brachte. Die erste Strophe lautet: „Sittin in the mornin sun I´ll be sittin´when the evenin´come, watching the ships roll in and I watch´em roll away again, sittin´on the dock of the bay watching the tide roll away, oooh I´m just sittin´on the dock of the bay wasting time." Mit diesem Lied hatten die Black Eagles das Eis gebrochen, und die Stimmung im Saal hatte sich gesteigert. Man munkelte auch, dass sich im Saal ein paar Talentsucher befanden, die aus dem nahen Frankfurt von einer großen Schallplattenfirma geschickt wurden. Niemand wusste wer sie waren aber alle versuchten sich besonders ins Zeug zu legen. Auch Alex hatte einen guten Auftritt hingelegt. Dann kam der große Auftritt des Abends, und die Bühne wurde umgeräumt, um die enorme Marshall Anlage der Procol Harum aufzubauen. Dann ging der Auftritt los und Procol Harum begann geschickt mit einem Programm, welches sich langsam steigerte bis hin zu ihren Welterfolg „A whiter shade of pale". Die Menge war außer Rand und Band und forderte mit lautem Applaus eine Zugabe. Dem gaben die Jungens aus England gerne nach und der Abend ging für alle befriedigend zu Ende. Die Musiker der Bands trafen sich danach noch in einem kleinen italienischen Eiscafe in Heusenstamm um noch ein wenig über den Trend und die letzten Neuigkeiten in der Musikbranche zu diskutieren. Alles in allem ein gelungener Abend und das „Highlight" für die Black Eagles im Jahr 1969.

Zum Sylvesterabend 1969 hatte man die Black Eagles in das Bürgerhaus von Jügesheim verpflichtet. An diesem Abend mussten natürlich auch allgemeine Schlager und Evergreens gespielt werden, denn es waren alle Altersklassen vertreten. Kurz vor zwölf Uhr wurde der Hessische Rundfunk über die Gesangsanlage eingespielt, damit alle den Countdown nicht verpassen würden, und alle Musiker auch mit anstoßen konnten. Die Sektgläser waren gefüllt und Punkt zwölf wurde unter großem Jubel angestoßen. Danach strömten alle nach draußen, um sich das Feuerwerk anzuschauen. Auch Laura und Alex gingen hinaus und suchten sich einen ruhigen Platz etwas abseits vom Trubel. Laura schaute in den Himmel und sagte leise: „Schau nur, die tollen Lichter, ist das nicht wunderschön? Ich bin so glücklich, mit Dir dieses Sylvester feiern zu können", und bei jedem Wort entstieg ihrem Mund ein kleiner Hauch, wie Nebel, in die kalte Sylvesternacht. Alex schaute sie an, die bunten Reflektionen des Feuerwerks spiegelten sich in ihrem Gesicht und ließen ihre Schönheit noch mehr zur Geltung kommen. Alex war überwältigt, er nahm ihre Hand und zog sie in Richtung eines freien Feldes, wo frisch gefallener Schnee lag. Ihre beiden Fußspuren führten in die Dunkelheit. „Ja mein Kleines, wunderschön, ich bin auch sehr glücklich, mal sehen was 1970 und das neue Jahrzehnt, so alles für uns bereit hält." Laura schaute ihn verliebt an. „Ich wünsch mir nur, dass wir für immer zusammen bleiben, Alex", und dabei küsste sie ihn zärtlich auf den Mund. „Komm her, mein Engel, ich trag Dich ein Stück ins neue Jahr." Alex nimmt sie auf seine starken Arme, und von da an wurden aus zwei Spuren nur noch eine tiefe Spur im Schnee, die sich in der Dunkelheit verlor.

Beide wussten nicht, dass 1970 ein schweres Jahr für sie werden würde denn Mutter und Oma von Laura waren katholisch und gegen ihre Beziehung. Beide arbeiteten in der Gemeindeverwaltung im Ort und waren sehr konservativ in ihren Einstellungen. Für beide stand es fest, dass nur ein gutsituierter Beamter aus dem Ort für ihre Tochter und Enkelin in Frage käme.

Das bekam Alex nun richtig zu spüren, denn er war Protestant, kein Beamter und nicht aus dem Ort. Fremdenfeindlichkeit den eigenen Landsleuten gegenüber war damals an der Tagesordnung, und da konnte man schon damals den Ursprung der heutigen Fremdenfeindlichkeit erkennen. Es liegt wohl an den Ängsten der Menschen vor allem Neuen. Dazu passt der Spruch „Was der Bauer nicht kennt, frisst er nicht". Also alles Unbekannte wurde erste einmal abgelehnt. Alex wusste, es wird nicht leicht, dieses neue Zeitalter, aber er wollte mit seiner Generation etwas bewirken und die Gesellschaft verändern. Die neue Generation wollte Demokratie, Meinungsfreiheit, Gleichberechtigung und Brüderlichkeit in die Welt tragen und die schlimmen Fehler der Vergangenheit endlich hinter sich lassen. Frauen hatten immer noch weniger Rechte, und sogar die Vergewaltigung in der Ehe war nicht strafbar. Aber Homosexualität war strafbar und brachte vielen Männern ungerechte Strafen und seelisches Leid.

Der 37. Präsident der USA, Nixon, hatte einen bösen Krieg in Vietnam geführt, und in vielen Teilen der Welt hatte die Jugend dagegen zu Protesten aufgerufen. Mit Erfolg. Dieser neue Wind der Veränderung war auch in Deutschland zu spüren und Alex wollte einfach dabei sein, koste es was es wolle. Doch die Mutter von Laura hatte andere Vorstellungen vom Leben und wollte den Umgang mit Alex unterbinden. In diesem Jahr konnten sich beide nur noch heimlich treffen und nur wenn ihr Bruder sie zu

Auftritten mitbrachte, konnten sie sich kurze Zeit sehen. Das war eine schwere Prüfung für beide. Die Situation spitzte sich langsam zu, und man konnte erahnen, wer da zum Schluss seine Macht durchsetzen würde. Dazu kam nun, dass Rita, die Freundin von Eddie, eines Tages bei Alex in der Wohnung eintraf und ihm offen ihre Zuneigung mit den Worten gestand: „Laura ist doch eh zu jung für Dich, und ich habe mit Eddie Schluss gemacht, damit wir endlich zusammen sein können. Wir beide könnten doch viel mehr erreichen mit der Band, das weißt Du doch auch", ließ sie ihn wissen. Aber Alex hatte noch nie Gefühle für sie empfunden. Er wollte sie aber auch nicht vor den Kopf stoßen, denn es schmeichelte ihn schon, dass sie ihn interessant fand. Trotzdem musste er ihr einen Korb geben, damit nicht falsche Hoffnung aufkam. Am nächsten Tag kam ein wütender Anruf von Eddie, der ziemlich sauer war: „Wie kannst Du mir so in den Rücken fallen, Rita hat mit mir Schluss gemacht, weil sie mit dir zusammen sein will. Wenn Du sie nicht ordentlich behandelst, bekommst Du es mit mir zu tun!" Alex ist überrascht, „Ich bin Dir nicht in den Rücken gefallen und bin auch nicht mit ihr zusammen. Du weißt doch genau, dass ich mit Laura zusammen bin." An seinen Worten konnte Alex erkennen, dass er sie immer noch gern hatte und noch nicht aufgegeben hatte. Er versicherte ihm, es sei alles nur ein Missverständnis, und er hätte von seiner Seite aus, ihr gegenüber, nie Avancen gemacht. Trotz aller Beteuerungen gab es nun einen

Riss zwischen ihm und den Bandmitgliedern. Die nächsten Auftritte der Band waren von einer eigenartigen Stimmung beherrscht. Als Laura endlich zu einem Auftritt durfte, war Alex sehr erleichtert, und erklärte ihr alles, was vorgefallen war. Sie hatte keinen Zweifel an seiner Aufrichtigkeit und wusste, dass sie nichts zu befürchten hatte. Alex sagte vergnügt: „He Kleines, Du wirst dieses Jahr 17, kommst Du zum nächsten Auftritt damit wir feiern können?" Laura schaute ihn an: „Ich weiß nicht, ob ich weg darf, die Leute reden schon über uns, und meine Mutter bekommt das mit und will unsere Beziehung verhindern." Laura machte ein trauriges Gesicht. „Unsere Beziehung verhindern!?" ruft Alex, „Was ist denn das für eine bodenlose Gemeinheit, diese Dorftrottel hier auf dem Land wollen immer nur unter sich bleiben, nur kein frisches Blut für ihre Inzucht hereinlassen, diese Idioten!" brauste er auf und war ziemlich sauer. Laura sagte ruhig „Da sind auch noch Gerüchte über die Band und den alten Sänger aus der Bäckerei." „Was denn für Gerüchte, verdammt noch mal?" fragte Alex „Der alte Sänger Anton will wieder in die Band einsteigen, und da bist Du im Weg, und dann noch die Geschichte mit Rita. Die Freundinnen haben einen großen Einfluss auf die Bandmitglieder, und da bewegt sich was hinter Deinem Rücken, das solltest Du doch wissen, die halten alle zusammen." Alex schaute verdutzt. „Das kann ja sein, ist auch ok, denn wir halten ja auch zusammen. Aber wie soll das gehen, wir haben doch das letzte Jahr alle auf unsere Gage verzichtet, um die neuen Verstärker und Lautsprecherboxen zu kaufen, die ganze Anlage muss noch viele Monate abbezahlt werden, da kann doch nicht einfach Anton kommen, ohne jeden Beitrag geleistet zu haben, und einsteigen wollen. Dann muss mich die Band auszahlen, wenn er einsteigen will, denn ich habe die ganzen Monate auf Gage verzichtet, aber was viel schlimmer ist, wann können wir uns dann noch sehen, das geht ja dann kaum noch!" Alex war genervt und enttäuscht aber er sah auch die Enttäuschung in Lauras Gesicht. „Wir werden das trotz allem durchstehen, und bis jetzt ist ja noch nichts passiert" sagte er ruhig und versuchte Laura etwas zu beruhigen, dann drückte er sie zärtlich an sich. „Wir schaffen das schon", versuchte er sie zu trösten. Doch im Inneren wusste er das dieses Jahr eine schwere Aufgabe für sie sein würde.

Als Alex das nächste Mal in den Proberaum kam, sind schon alle da, und es war eine frostige Stimmung im Raum zu spüren. Er schaute in die Runde und alle versuchten, seinen Blick auszuweichen. „Was ist los Leute?" Eddie ergriff als erster das Wort und sagte, er würde im Namen der Band sprechen. „Wir haben uns entschlossen, unseren alten Sänger Anton wieder in die Band zu holen, und deshalb musst Du die Band verlassen." Alex ist erst einmal sprachlos, doch nach kurzer Pause sagte er ruhig, „OK, wie stellt ihr Euch das vor, was für einen Grund hat Euer plötzlicher Rausschmiss, wenn man fragen darf?" Hans meint trocken: „Das hat sich doch schon eine Weile abgezeichnet, und dann die Geschichte mit Rita hinter den Rücken von Eddie." Jetzt reicht es Alex und er braust auf: „Halt dein dummes Maul, Du hast doch überhaupt keine Ahnung, was Rita angeht!" Martin gab kleinlaut zu: „Ich hab mich nur der Allgemeinheit angeschlossen." Ewald hielt sich wie immer etwas zurück und sagte kein Wort. Manni meinte, es wäre nun einstimmig beschlossen, und damit basta. Alex sah keinerlei Erfolgschancen mehr und sagte: „Wie ich sehe habt ihr euch hinter meinem Rücken abgesprochen und mich vor vollendete Tatsachen gestellt. Wenn ihr das so wollt, kann ich wohl nichts daran ändern, aber ich habe die neue Verstärkeranlage mitfinanziert, und da möchte ich meinen Anteil zurückerstattet haben, denn ich habe die letzten Monate auch auf meine Gage verzichtet." Alle nickten bereitwillig, doch Alex liess nicht locker: „Das müsst ihr mir aber auch schriftlich bestätigen, jeder mit seiner Unterschrift, dann seid ihr mich los." Er nahm ein Blatt Papier von der alten Kommode und schrieb einen Kurzen Schuldschein über seine entgangenen Gagen, und ging damit zu jedem Bandmitglied zur Unterschrift. Eddie und Hans waren ohne zu Zögern dabei und den anderen sah er das Unbehagen deutlich an. „Ok, Jungs, das war es dann wohl mit der Solidarität unter Musikerfreunden, für Euch zählt anscheinend nur wer hier aus dem Ort kommt." Sehr enttäuscht drehte er sich um und verließ den Proberaum, ohne noch ein weiteres Wort zu verlieren. Dieser Rauswurf aus der Band hatte ihn in dreifacher Hinsicht sehr verletzt. Erstens, weil er nun Laura nicht mehr so oft sehen konnte, zweitens, weil er nun ohne Band keinen Auftritt als Sänger mehr hatte und drittens, weil er sich keiner Schuld bewusst war. Aber so langsam kamen ihm die Worte von Laura wieder in den Sinn. (Die Freundinnen haben einen gewissen Einfluss auf die Bandmitglieder…) Sollten die Mädels und speziell Rita ihre Finger im Spiel gehabt haben ? Oder war es Anton, der ja ständig zu den Proben kam und sich als ehemaliger Sänger immer wieder in den Vordergrund spielen wollte ? Egal, er musste nach vorne schauen und sich schleunigst um eine neue Band bemühen.

Da gab es eine Bluesband in Hanau, die angeblich einen Sänger suchten um ihre Sängerin Ramona, eine sehr attraktive Mulattin, zu entlasten. Alex sagte sich, das ist eine gute Gelegenheit, und die musste er wahrnehmen. Gesagt, getan, und zwei Tage später war er bei der Probe der Band vorstellig. Der Stiefvater von Ramona war auch gleichzeitig der Manager der Band und zeigte sich nicht abgeneigt, Alex in die Band aufzunehmen. Jedoch ging der Trend in Richtung Schlager, und das war nicht die Richtung die Alex einschlagen wollte. Nach einigen Probesingen musste Alex feststellen, dass die komplette Band lediglich auf den Erfolg für Ramona zugeschnitten war. Das war der Punkt wo Alex keine Erfolgschancen für sich und seine Musikrichtung sah. Er hätte ja noch den Kompromiss gemacht mit Ramona anspruchsvolle Schlager zu singen aber da der Stiefvater nur seine Tochter allein im Vordergrund haben wollte, war das für ihn nicht mehr akzeptabel. Damit sollte auch der Hoffnungsschimmer für seine musikalische Laufbahn wie eine Seifenblase zerplatzen. Das war wirklich recht bitter, innerhalb weniger Monate aus beiden Bands auszuscheiden. Alex war deprimiert und fiel in ein tiefes Loch. Er fragte sich: „Was sollte er machen?" „Wie sollte es weiter gehen?" Die Werbeagentur, für die er als Grafiker arbeitete, hatte ihm auch gekündigt und er war deswegen im Moment arbeitslos. Wenn mal etwas schief läuft, dann kommt aber auch alles zusammen. Das Arbeitslosengeld war gerade mal soviel, um sich über Wasser zu halten, die Situation schien aussichtslos. Mit Laura konnte er sich nur noch ab und zu treffen, doch sie stand zu ihm wie ein Fels in der Brandung. Er konnte kaum glauben, dass ein so junges Mädchen diese Charakterstärke aufbrachte und allen Rückschlägen zum Trotz weiter fest zu ihm stand. Er hatte sowieso den Eindruck, dass Mädchen generell intelligenter waren als gleichaltrige Jungens. Sie hatten mehr Verstand, mehr Mitgefühl, Hingabe und Einfühlungsvermögen. Die meisten Jungens waren weniger intelligent und hatten nur ihren testosterongesteuerten Körper im Sinn, mit dem sie oft aggressiv und mit Machogehabe versuchten, die Mädchen zu beeindrucken. Laura war zwar klein und zierlich, aber was in ihrem Kopf vorging war groß und erwachsen. Sie versuchte mit großer Hingabe Alex zu trösten, und gab ihm das Gefühl, dass er nicht allein war mit seinen Problemen. Sie versuchte ihn etwas abzulenken indem sie ihm ihre Sicht der Menschen im Ort zu beschreiben versucht. „Die meisten Bürger hier im Ort sind nun mal hier geboren und lehnen jeden Fremden ab. Sie sind egoistisch und nur auf ihren Vorteil bedacht. Schon der nächste Ort ist ihnen fremd, und alle denken nur an sich, was wahrscheinlich die Wurzel ist, aus der Fremdenhass und Nationalismus entstehen. Leider wird sich auch daran nur sehr langsam etwas ändern." Alex schaute sie verwundert an. „Du hast recht mit dem Fremdenhass und dem Nationalismus. Da muss ich Dir mal eine kleine Geschichte erzählen. 1964 da warst Du gerade mal elf Jahre alt, bin ich mit meinem Bruder nach Damvillers in Frankreich gefahren. Es war ein Jugendaustausch des Volksbundes Deutscher Kriegsgräberfürsorge, um die Deutsch Französische Freundschaft wieder herzustellen. Der zweite Weltkrieg war gerade mal vor 19 Jahren zu Ende gegangen, und die Ressentiments zwischen beiden Ländern waren noch deutlich zu spüren. Mein Bruder spielte in einer Jazz-Band und wir sollten dort etwas musikalisch für den Jugendaustausch und die Freundschaft zwischen beiden Ländern werben. Ich hatte für den VW Bus, der uns Musiker nach Damvillers bringen sollte, ein großes Schild gemalt „The Jazz Babies" welches wir auf dem Dach befestigt hatten. Es war der

Anfang einer großen Veränderung in der Musikgeschichte, die Beatles hatten ihren ersten Durchbruch, Elvis Presley war mit seinem Rock and Roll im Höhenflug, und Ray Charles hatte Welterfolge mit seinem Blues wie „What I say". Als wir dort ankamen, wurden wir von den Jugendlichen herzlich begrüßt, aber die Erwachsenen hatten keinen Blick für uns und wollten zum großen Teil nicht einmal mit uns sprechen. (Nicht verwunderlich, nachdem sie im Krieg vom Hitler-Deutschland überfallen wurden) Wir waren sozusagen die Pioniere der Deutsch Französischen Freundschaft." Laura schaute ihn faszinierend an und wollte mehr wissen über dieses Erlebnis. „Mein Bruder spielte zuerst mit den „Jazz Babies" für die Jugendlichen, und erst dann kam mein Auftritt als Bassist. Die Bühne wurde umgeräumt und die Verstärker und Lautsprecher wurden aufgebaut. Dann erklangen die Beat- und Bluesklänge in dem französischen Städtchen. Die Beatles hatten ihren ersten großen Hit mit „I want to hold your hand" aber auch „She loves you" und „Twist and Shout." Die Animals sangen „House of the rising sun" und Ray Charls war mit „What I say" in allen Ländern vertreten. Alle diese Lieder wurden von uns vorgetragen, aber „What I say" wollten die Jugendlichen als Zugabe. Der Basslauf, in einfachen Blues Harmonien, war sehr einfach und jeder der diese vier Töne anschlägt, weiß bis heute, das ist das Lied von Ray Charls." Alex schwelgte in Erinnerungen und seine Gedanken gingen zurück in das Jahr 1964. Sollte er

Laura auch von dem kleinen Mädchen in Damvilles erzählen in das er so verliebt war? Er dachte besser nicht, auch wenn es ja viele Jahre her war, denn es könnte ja Lauras Gefühle verletzen. Also fuhren seine Gedanken für ihn selbst fort. „Er hatte damals ein Mädchen kennengelernt in die er sich Hals über Kopf verliebt hatte. Ihr Name war Jenivieve und da er kein französisch konnte, nannte er sie „Wildkatze". Der Grund war ganz einfach, sie hatte wildes, lockiges, rotbraunes Haar, was ihr bis auf die Hüfte fiel und ihr Gesicht war übersäht mit Sommersprossen, dazu große grüne Augen, und ihr Körper war schlank und drahtig mit schneeweißer Haut. Ihre Lippen erinnerten ihn an Brigitte Bardot, die man am liebsten gleich geküsst hätte. Sie sprach kein Deutsch, aber das machte sie einfach noch attraktiver, denn der Klang ihrer französischen Worte war jedes Mal wie Musik in seinen Ohren. Sie lachten viel und versuchten auch ohne Worte mit Händen und Füßen den anderen zu verstehen und die Seele des anderen zu ergründen. Die ersten Berührungen mit den Händen waren magische Momente und wenn sie ihm auf französisch etwas ins Ohr flüsterte und ihre Haare sein Gesicht berührten, dann schwebte er auf Wolke sieben. Diese Sprache war einfach betörend schön und im Gegensatz zur Deutschen Sprache. Sie war sehr weich und melodisch. Nicht wie das harte rollen bei „Sauerkraut und Rippchen" oder „Kartoffelsalat und Currywurst" oder „Hart wie Kruppstahl". Wenn sie sich beim Tanz etwas an ihn schmiegte und er ihre Haut spüren konnte, ihr Duft ihm in die Nase stieg und er zum ersten mal ihre Lippen mit den seinen berührte, dann war das wie ein Rausch, der seine Sinne vernebelte. Diese Gefühle der tiefen Zuneigung einem anderen Menschen gegenüber, hatte er damals zum ersten mal gespürt. Schneller Sex, oder wie es heutzutage heißt „One Night Stand" waren verpönt, das gab es damals nicht und hätte nur den wunderbaren Zauber der ersten Annäherung zerstört. Eine offene und ehrliche Zuneigung, gegenüber eines Menschen, unabhängig von seinem Land oder seiner Herkunft, war damals angesagt. Heute schauen die Menschen nur noch auf die Herkunft, dem akademischen Grad und dem finanziellen Einkommen. Eine kalte und berechnende Welt, die Empathie verspottet (Der dumme Gut-Mensch) und nur noch an den IQ glaubt, oder den superreichen intelligenten Menschen nacheifert.

Diesen Teil der Geschichte wollte er Laura nicht erzählen, aus Rücksicht auf ihre Gefühle, aber den anderen Teil der Geschichte in Damvillers wollte er ihr nicht vorenthalten. Der Besuch der Kriegsgräber bei Vedun hatte bei ihm tiefen Eindruck hinterlassen. „Möchtest Du etwas hören über den Besuch bei den Kriegsgräbern?" Alex schaute sie fragend an und war sich nicht sicher ob sie überhaupt etwas von dem schrecklichen ersten Weltkrieg wissen wollte. „Es muss Dich sehr bewegt haben, dieser Besuch in Frankreich und alles was Dich bewegt, ist auch interessant für mich." Alex war wieder einmal überrascht von ihrer Einfühlsamkeit, und war froh das er ihr seine tiefsten Eindrücke des bisherigen Lebens erzählen durfte. „Bei unserem Aufenthalt in Damvillers kamen wir ja im Auftrag des Volksbundes Deutscher Kriegsgräberfürsorge, und dazu gehörte natürlich auch der Besuch in Verdun. Wenn man sich den Schlachtfeldern nähert, fallen Dir sofort die weißen Kreuze auf, die zu Tausenden bis an den Horizont reichten. Es war ein Anblick, der mir einen kalten Schauer über den Rücken laufen ließ. Jedes Kreuz ein gefallener Soldat, ein junger Mensch in meinem Alter, der sein Leben eigentlich noch vor sich hatte. Das hat mich damals sehr nachdenklich gemacht und einen tiefen Eindruck hinterlassen. Das Gebeinhaus in Douaumont sieht aus wie ein langer steinerner Sarg, und ist 137 Meter lang. Die Gebeinkammern liegen im Keller des Gebäudes, und man kann auf der Rückseite durch kleine Fenster in den Keller schauen, in dem ca. Einhundert und Dreißigtausend Soldatenknochen liegen, einfach grauenhaft. Diese Soldaten waren alle so in meinem Alter, dachte ich, und ihnen wurde das Recht, ihr Leben zu Ende zu leben, genommen. Was für eine menschliche Tragödie, wie viele kluge Menschen, Ehemänner, Sportler oder Wissenschaftler hatte man hier verheizt? Wie viele Talente der Musik, Malerei, Handwerk oder Schriftstellerei lagen da unter der Erde? Es war der Größenwahn der damaligen Könige und Politiker und ihr Dünkel, sie seien etwas Besseres und zum Herrschen geboren, der alles vorangetrieben hat, und ihre Gier nach mehr Macht und Vergrößerung des Lebensraums hat hunderttausende Menschen das Leben gekostet. Und das war nur „Der Erste Weltkrieg!"

Alex wollte Laura nicht mit so vielen trüben Gedanken belasten und wollte nun seine Erzählungen beenden. Doch zu seiner Verwunderung sagt Laura: „Nein, Alex, erzähl nur weiter, ich finde es interessant, was du erlebt hast, und ich möchte auch wissen was Du so über den letzten Krieg und seine Auswirkungen denkst. Wir nehmen gerade in der Schule den Zweiten Weltkrieg durch." Alex war wieder einmal überrascht über so viel Anteilnahme und Interesse an deutscher Geschichte. Andere Jugendliche kümmerten sich nicht um unsere Vergangenheit und wollten auch nichts darüber wissen. Dabei war der Weltfrieden, gerade in der jetzigen Zeit, kurz nach der Cuba Krise, immer noch angespannt. Also erzählte er ihr seine Sicht der Dinge, und was er darüber in der Schule gelernt und über die vielen schwarz weiß Filme die er aus dieser Zeit gesehen hatte.
„Der Zweite Weltkrieg war wesentlich grausamer und brutaler als der Erste Weltkrieg, aber das Schlimme daran ist, dass er wieder von unserem Land ausging. Wir haben es zugelassen, dass ein engstirniger Nationalist namens Hitler an die Macht kam und die größten Kriegsverbrechen in der Geschichte der Menschheit

durchgeführt hat. Stell Dir vor Laura, da wurden deutsche Bürger nur weil sie jüdischen Glaubens oder andersdenkend waren, von diesen wahnsinnigen Führer und seinen Schergen einfach ermordet. Das ist noch zu milde erzählt, diese Regierung von Verbrechern hat nicht nur Hunderte oder Tausende ermorden lassen, nein, es waren Millionen Menschen die in speziell errichteten Konzentrationslagern wie Buchenwald, Bergen-Belsen und Dachau systematisch ermordet wurden. Das war industrieller Massenmord an unschuldigen Menschen und niemand in der Bevölkerung wollte etwas davon gewusst haben. Diese Menschen, auch Frauen und Kinder, hatten niemandem etwas zu Leide getan und waren genau wie Du und ich Bürger dieses Landes, die in Frieden leben wollten. Das war das größte Verbrechen was die Menschheit je gesehen hat. Und stell Dir mal vor, es gibt heute immer noch eine Partei, die diese Gräueltaten rechtfertigt, den Nationalismus verteidigt, und sogar Menschen die den Holocaust leugnen. Da verschlägt es mir die Sprache über so viel dumme Ignoranz, denn solche Leute haben nichts aus der Vergangenheit gelernt. Wer auch nur einen Funken Anstand in sich trägt, der muss diese Verbrechen verurteilen, ohne wenn und aber. Und das Unfassbare ist, es gibt immer noch Leute, die diese Kriegsverbrechen verteidigen. Das tut mir in der Seele weh und es macht mich sehr traurig, dass es diese dumme Ignoranz gibt. Stell Dir doch mal vor, die Behörden und Polizei würden Deine Mutter deinen Bruder und Deine ganze Familie nur wegen Deiner Religionszugehörigkeit abholen und ermorden? Ist doch unvorstellbar oder? Aber es ist tatsächlich millionenfach passiert. Und wenn man den wenigen Überlebenden dann sagt, den Holocaust hätte es nie gegeben, dann ist das doch eine unbeschreibliche Schweinerei. Die Tatsache, dass es diese Verbrechen gab, lässt mich an einem „liebevollen" Gott zweifeln. Kein Gott, egal aus welcher Religion, hätte das jemals zulassen dürfen, denn über SECHS MILLIONEN MENSCHEN zu ermorden ist mit nichts zu rechtfertigen, auch nicht mit einem Allwissenden Schöpfer." Alex hatte sich nun allen Frust von der Seele gesprochen und bekam nun ein schlechtes Gewissen, dass er so lange über negative Dinge philosophiert hatte. „Tut mir leid, Laura, aber ich musste einfach mal über all das sprechen." Laura schaute ihn eine Weile nachdenklich an. „Du hast ja Recht, es ist schrecklich was damals geschah, wir müssen uns dafür einsetzen, dass so etwas nie wieder passieren kann." Alex ist wieder einmal überrascht über so viel Mitgefühl und freut sich, das sie auch in dieser Hinsicht gemeinsame Ansichten haben. Dass er sich so gut verstehen würde mit einem sechs Jahre jüngeren Mädchen hätte er sich nicht träumen lassen. Ihre Ansichten und ihre Einstellung zum Leben und zu den Menschen waren denen anderer Jugendlichen weit voraus, und das war für ihn ebenso bewundernswert wie ihre äußerliche Erscheinung.

HOFFNUNG

Die Trennung von der Band und die Arbeitslosigkeit hatten Alex ziemlich deprimiert, aber er konnte sich immer noch heimlich mit Laura treffen, und das gab ihm Hoffnung. Ein anderer Hoffnungsschimmer war ein Talentwettbewerb in Frankfurt, an dem er sich angemeldet hatte. Eine große Bierbrauerei hatte diesen ausgeschrieben, und viele junge Leute aus dem Großraum Frankfurt kamen zusammen, um sich im Gesangswettbewerb zu messen. Alle Zeitungen und auch der Hessische Rundfunk publizierten die große „BINDING STAR - CHANCE 1970" Alex hatte sich pünktlich zum Casting eingefunden und sang sein selbstkomponiertes Lied und begleitete sich auf seiner alten Hopf Gitarre. Die Jury bestand aus sieben Personen, davon fünf Männer und zwei Frauen. Alle waren im Alter von ungefähr dreißig bis vierzig Jahren und hatten wohl eine musikalische Ausbildung. Es waren recht viele Jungen und Mädchen da, die alle auf ein Weiterkommen hofften. Alex war trotz seiner Bühnenerfahrung etwas aufgeregt, aber lieferte sein eigenes Lied fehlerfrei ab und hatte danach ein gutes Gefühl. Jeder musste seine Adresse hinterlassen und darauf hoffen, innerhalb von wenigen Tagen eine positive Nachreicht zu bekommen. Nach zwei Tagen fand Alex tatsächlich einen Brief von der Binding Brauerei in seinem Briefkasten. „Sehr geehrter Alex Burgmann, wir freuen uns ihnen mitteilen zu können, dass sie sich für die nächste Runde am 18. Oktober qualifiziert haben. Hierzu gratulieren wir Ihnen recht herzlich. Wir bitten Sie, am Sonntag pünktlich um 19 Uhr anwesend zu sein. Wir wünschen Ihnen weiterhin viel Erfolg." Ja das ist doch mal eine gute Nachricht!" jubelt Alex und freut sich riesig über sein Weiterkommen. Bis zum Sonntag waren es noch einige Tage und genug Zeit, sein neues Lied noch einmal richtig einzustudieren. Doch dann überkamen ihn Zweifel, sollte er doch ein anderes Lied einstudieren oder sogar ein bekanntes Lied, sein Lieblingslied, „Sitting on the dock of the bay" vor der Jury singen? Er entschied sich zum Schluss für sein eigens Lied und landete damit unter den ersten zehn Bewerbern. Ein Achtungserfolg, aber leider keiner der ersten drei Plätze. Den ersten Platz hatte ein junger Mann mit einem bekannten Beatles Song gewonnen. Da konnte man mit einem unbekannten eigenen Lied nicht punkten. Alex war trotzdem zufrieden, denn nicht jeder schaffte es unter die ersten zehn besten Sänger. Tage später kam dann ein anderer, ein hoffnungsvoller Anruf. „Guten Tag Herr Burgmann, mein Name ist Wertgraf und ich arbeite für die Schallplattenfirma CBN in Frankfurt. Wir haben Sie bei der Binding Star – Chance und auch beim Auftritt der Procul Harum in Heusenstamm singen gehört und möchten mit Ihnen über einen Schallplattenvertrag sprechen". Ein paar Sekunden Stille, diesen Anruf hatte er nicht erwartet, doch dann hatte er sich wieder gefangen und fragte schnell „Ist ja

toll, wo und wann kann ich sie treffen Herr Wertgraf?" Der Mann am Telefon gab ihm eine Adresse durch und wollte ihn gleich am nächsten Tag um zehn Uhr in seiner Firma treffen. Dann legte er auf. „Jaaaaa verdammt noch mal" brüllt Alex laut heraus, „das ist der Durchbruch, das ist der Anfang meiner Karriere!" Alex schrie seine Freude hinaus und tanzte in seinem Zimmer umher. Das musste er heute Abend Laura erzählen, dies könnte ein Wendepunkt auch für sie beide sein. Als er Laura heimlich am Spätnachmittag im Cafe traf, war die Freude groß und das Fantasiegebilde, über das was nun kommen könnte, machte sie beide glücklich. Es war wieder Hoffnung da, denn wenn er genügend Geld verdienen würde und ein angesehener Sänger wäre, dann könnte Lauras Mutter nichts mehr gegen seine Person sagen. Doch Laura hatte andere Bedenken „Wenn Du erfolgreich bist und berühmt wirst, hast Du dann noch Zeit für mich?" Ich muss noch meine Lehre zuende machen und du bist dann ständig unterwegs. Wie oft können wir uns dann noch sehen?" „Wir können uns dann immer noch oft genug sehen, keine Angst, und wenn Du fertig bist mit der Lehre, dann gehen wir zusammen auf Tour."
Am nächsten Tag fuhr Alex nach Frankfurt und parkte sein Auto in der Nähe des Eschersheimer Turms. Die Schallplattenfirma lag nur wenige Schritte davon entfernt. Das Bürogebäude war stattlich und am Empfang begrüßte ihn eine hübsche junge Frau.

„Guten Morgen, was kann ich für Sie tun?" „Mein Name ist Burgmann und ich habe eine Verabredung mit Herrn Wertgraf" lies er sie lapidar wissen. Sie telefonierte kurz und sagte dann: „Herr Wertgraf erwartet Sie schon, bitte kommen sie mit" Sie ging mit ihm einen Flur entlang, an dessen Wände viele Portraits von bekannten nationalen und internationalen Sängern hingen. Wow, das war schon beeindruckend. Er wusste gar nicht, dass so viele dieser bekannten Künstler, alle in dieser einen Schallplattenfirma waren. Und nun sollte er in diesen berühmten Kreis aufgenommen werden. Kaum zu glauben. Da waren die Sängerin Dagmar Reiter, Mary Rosenthal, Iwan Tedtloff, Robert Weiß, Stacos Formalis und viele bekannte Namen aus Rundfunk und Fernsehen. Die Empfangsdame öffnete ein Tür zu einer der großen Büroräume und sagte freundlich: „Bitte treten Sie ein, Herr Wertgraf kümmert sich gleich um Sie" Alex betrat das Büro und war überrascht. Das komplette Zimmer war in Schwarz gehalten. Nur der Teppichboden war grau und die Decke weiß. Selbst der Schreibtisch war schwarz, die Büromöbel waren schwarz, die sich nur durch Chrom und Aluminium von der Wand und dem Fußboden etwas abhoben. An den Wänden hingen dutzende Schallplatten in Gold und Silber, alle befanden sich in einem modernen, schlichten Rahmen, welcher sie deutlich von den schwarzen Wänden abhob. Nur einige Papiere, Bücher und Poster lockerten die Atmosphäre etwas auf. Auf dem Schreibtisch stand eine Telefonanlage mit Lautsprechern, ein paar Füllhalter und eine verchromte Schreibtischlampe, ein paar DIN A 4 Seiten und einige Akten runden das Bild ab. So etwas hatte Alex noch nie gesehen. Ein Mann in den besten Jahren kam ihm entgegen und reichte ihm die Hand. „Hallo Herr Burgmann, schön Sie kennenzulernen, haben Sie uns gleich gefunden in der Frankfurt?" „Selbstverständlich, Herr Wertgraf, kein Problem, ich kenne Frankfurt aus meiner Berufsschulzeit recht gut und habe hier auch schon Auftritte gehabt mit meiner damaligen Band Black Eagle" „Ach, dann sind Sie jetzt nicht mehr mit ihrer Band zusammen?" fragt Wertgraf. „Nein, es gab da ein paar Unstimmigkeiten, und sie wollten ihren alten Sänger wieder aufnehmen, da haben wir uns getrennt." „Ja, das trifft sich doch dann ganz gut, denn wir wollen keine Gruppe sondern sind nur an Ihnen als Sänger interessiert. Wir wissen auch, dass Ihr Bruder hier in Frankfurt ein bekannter Anwalt ist, und auch Sänger war, und wir wollten nicht versäumen dem jüngeren Bruder ein Angebot zu machen. Wir haben Sie natürlich beobachtet, Ihre Stimme, und Ihre Erscheinung auf der Bühne hat uns bewogen, Ihnen einen Schallplattenvertrag anzubieten. Was sagen Sie dazu?" „Ja das ist natürlich fantastisch, und ich freue mich darüber sehr." Er schiebt Alex einen Vertrag über den Tisch und meint: „Lesen sie ihn in aller Ruhe durch und dann unterschreiben Sie. Was möchten Sie trinken? Er drückt auf seiner Telefonanlage einen Knopf, und die Sekretärin erscheint sofort im Zimmer. „Sie wünschen, Herr Wertgraf?" „Bringen sie doch Herrn Burgmann und mir eine Tasse Cafe" Er schaute Alex an: „mit Milch und Zucker?" „ok" nickt Alex. „Wird sofort erledigt" und schon ist sie wieder verschwunden. Alex kommt das alles etwas surreal vor, aber er will sich das nicht anmerken lassen. Er mustert Wertgraf, der förmlich mit seinem schwarzen Anzug in seinem großen schwarzen Ledersessel verschwindet. Lediglich sein Gesicht strahlt eine sympathische Ruhe aus und scheint Alex einfach vertrauenswürdig. Der Vertrag sollte erst einmal für zwei Jahre dauern mit der Klausel, dass wenn der Vertrag von einer Seite gebrochen würde, eine Konventionalstrafe erfolgt. Damit konnte Alex leben, denn von seiner Seite aus würde es wohl keinen Vertragsbruch geben. Also zückte er seinen Füllfederhalter und unterschrieb den Vertrag. Auch Wertgraf unterschrieb und reichte ihm die Hand „Auf eine gute Zusammenarbeit und viel Erfolg. Wir haben noch viel vor mit Ihnen, und damit komme ich gleich zur aktuellen Sache. Wir arbeiten weltweit mit allen Ländern zusammen, und dort auch mit allen Komponisten, Textern und Aufnahmestudios zusammen. Ich habe da ein Angebot aus Frankreich von Johnny Hallyday der dort einen Hit gelandet hat, und Sie könnten die deutsche Fassung davon singen." Er schiebt Alex eine Single über den Tisch mit dem Lied von Johnny Hallyday und meint. „Hören Sie sich dieses Lied gut an, und wenn sie es gut interpretieren können, schicken wir Sie ins Studio und machen eine Aufnahme. Der Text ist von einem bekannten Textdichter aus München, und hier ist eine Kopie davon." Er verabschiedet sich freundlich, und Alex geht hinaus auf den Flur. Erst einmal tief durchatmen, und dann fühlt er sich, als schwebte er durch den Flur an all den bekannten Gesichtern vorbei. „Hallo ihr Lieben, ich bin jetzt euer Arbeitskollege." Es ist ein wunderbares Gefühl der Erleichterung, nach all den schweren Rückschlägen, die er dieses Jahr hat einstecken müssen. In der Eingangshalle kommt ihm eine wunderschöne Frau entgegen. Er erkennt sie sofort und weiß es ist Dagmar Reiter, die in jeder großen Unterhaltungsshow im Fernsehen dabei ist. Am Empfang treffen sie aufeinander, und Alex grüßt sie mit den Worten „Hallo Frau Reiter, freut mich sehr Sie kennen zu lernen, ich bin ein neues Mitglied hier bei CBN." Sie lächelt ihn freundlich an (aber sie lächelte immer) und sagt dann gelassen „Sie sind also der neue Nachwuchssänger, von dem mir Herr Wertgraf erzählt hat, na dann viel Glück und willkommen im Team." Freundliche Worte von einer der großen Sängerinnen im Showgeschäft. Alex fühlt sich immer noch wie auf Wolke sieben und fährt überglücklich nach Hause. Es vergeht eine Woche, und Alex hat den Titel von Johnny Hallyday verinnerlicht, und auch die B-Seite der Single hat er schon einstudiert. Als er sich bei CBN meldet ist schon alles vorbereitet, und die Sekretärin lässt ihn wissen, dass die Flugtickets schon bereitliegen und es am Wochenende nach

München geht. „Mein Gott, es ist mein erster Flug, seit ich als Kind von Berlin aus mit meiner Familie in den freien Westen geflüchtet bin." Alex überkommt ein leiser Schauer, als er an diese Vergangenheit denkt. Die Flucht mit der Familie über Berlin hatte er lange verdrängt. Doch jetzt erwachte alles wieder vor seinem geistigen Auge. Seine Eltern wurden damals enteignet, und der Betrieb, den sein Vater von seinem Vater geerbt hatte, wurde ihm einfach weggenommen. Weil er dagegen protestiert hatte, wollte man ihn inhaftieren und die Familie zwangsumsiedeln. Das war das Signal, alles stehen und liegen zu lassen und Hals über Kopf die Flucht nach Westdeutschland zu wagen. Man muss sich einmal vorstellen, ein Familienvater lässt alles zurück, was er jemals besessen hatte, seine Familienangehörigen und Freunde, sein Haus, sein Geschäft, seine Wertsachen, sein Geld auf der Bank, seine Heimat, und alles nur, um seine Frau und Kinder zu retten und ihnen die Möglichkeit zu geben, in Freiheit aufzuwachsen. Alex überkommt eine tiefe Wehmut, und seine Erinnerungen lassen ihm die Tränen über das Gesicht laufen. „Meine Hochachtung Papa, wo auch immer du jetzt bist, das war ein mutige Meisterleistung! Denn, alle Deine Jungens haben es geschafft und durften in Freiheit aufwachsen, dank deiner Entscheidung." Er erinnerte sich genau, dass man ihm und seinen Brüdern immer wieder eingeimpft hatte: Falls jemand fragt, wir besuchen nur Tante Olga in Berlin. Aber

Tante Olga gab es nicht, wie es sich später herausstellte. Es war eine Vorsichtsmaßnahme, damit alle Kinder bei einer Kontrolle nichts von einer Flucht erzählen würden. In Berlin angekommen, hatte sich die Familie dann getrennt, um nicht aufzufallen. Der jüngste Bruder ging mit den Eltern, weil er erst zwei Jahre war, und die anderen vier jeweils zu zweit mit der Straßenbahn nach Westberlin. Niemand wusste, ob sie sich wiedersehen, denn die Stasi hatte überall ihre Spitzel, und die Vopo (Volks-Polizei) verhaftete jeden, der mit Koffer die Grenze überschreiten wollte. Weil sie aber keine Koffer und keine großen Gegenstände bei sich hatten, war allen die Flucht gelungen, und sie haben sich dann in Westberlin am vereinbarten Platz wieder getroffen. Danach mussten sie erst einmal alle im Flüchtlingslager ausharren, bis sie dann wegen Überfüllung über die Berliner Luftbrücke ausgeflogen wurden. Damals lag noch der größte Teil von Berlin in Schutt und Asche. Die Aufräumarbeiten waren zwar in vollem Gange, aber es würde noch einige Jahre dauern, bis die Wunden des zweiten Weltkrieges verschwunden waren. In Westdeutschland angekommen, wurden sie wieder in ein Flüchtlingslager gesteckt und lebten alle sieben in einem kleinen Raum in einer Holzbaracke mit Stockbetten. In der Nähe dieses Flüchtlingslagers war ein großer Müllplatz, auf dem man noch einiges finden konnte. Alex erinnerte sich noch gut daran, dass er viele kaputte Spielsachen fand und die dann notdürftig wieder mit seinen Brüdern zusammenbastelte. Auch den Geruch auf dem Müllplatz hatte er sich eingeprägt. Es war kein schlechter Geruch, sondern eine Erinnerung an viele verschiedene Dinge. Da waren alte Möbel und Holz, viel Bauschutt, Metall und verfaultes Gemüse. Immer fand er irgendetwas, was er gebrauchen konnte oder zu einem Spielzeug umbauen konnte. Heutzutage hat sich der Geruch verändert. Wenn Alex in Heusenstamm an der großen Müllverbrennungsanlage vorbeifährt, erinnert nur noch wenig an die damalige Geruchswelt, es stinkt nach Plastik, Farbe und Chemie. Aber jetzt hatte er erst einmal das Flugticket für die bayrische Hauptstadt München.

In München angekommen fur er mit einem Taxi in das Tonstudio und war erstaunt über dessen enorme Größe, die ein komplettes Orchester beherbergen konnte. Eine weltbekannte Schauspielerin war gerade anwesend und nahm die letzten Titel für eine Weihnacht LP auf. Ihr Bruder, ein berühmter Schauspieler und Regisseur, saß in der Eingangshalle an einer Bar und war sehr erfreut, den jungen Mann aus Frankfurt kennenzulernen. Nach einem kurzen Gespräch fragt Alex, wo denn das Studio der CBN sei, und der bekannte Regisseur sagte nur: „Kommen Sie mit, ich zeige Ihnen die Räumlichkeiten." Sie durchquerten die Eingangshalle und betraten ein kleineres Studio. Aber selbst dieses war so groß, dass Alex aus dem Staunen nicht heraus kam. Natürlich mochte er sich seine Überraschung nicht so deutlich anmerken lassen und versuchte einen professionellen Eindruck zu machen. Nachdem sich seine Aufregung etwas gelegt hatte und er sich mit dem Texter und Tontechniker bekannt gemacht hatte, wurden die ersten Aufnahmen gemacht. Er machte seine ersten Erfahrungen im Studio. Wenn dem Aufnahmeleiter eine Stelle im Lied nicht gefiel, dann wurde einfach das Band (ein Tonband mit der breite einer Mullbinde) gestoppt, zurückgefahren, und er musste die Strophe wiederholen. Das war natürlich gewöhnungsbedürftig, denn auf der Bühne würde er, auch wenn ein kleiner Fehler passiert, niemals das Lied abbrechen. Im Studio war alles anders, und man konnte jede Stelle so oft wiederholen wie man wollte. Danach wurde alles zusammengeschnitten, ohne dass man am Ende einen Unterschied hörte. Gegen Nachmittag waren beide Titel aufgenommen, und der Produzent war recht zufrieden. Am gleichen Tag ging es wieder zurück nach Frankfurt, und die Single war wenige Tage später auf dem Markt. Ein stolzer Moment für Alex, jetzt hatte er es geschafft.

Ein paar Wochen später hatte sich auch Tauwetter bei der Mutter von Laura eingestellt, und er wurde zum Cafe eingeladen. Alles hatte sich in eine gute Richtung gewendet. Es gab Kirschkuchen und Käsetorte, und das Radio spielte Musik, wie immer vom Sender des Hessischen Rundfunks, und die ganze Familie war anwesend. Auch Lauras Bruder kam mit seiner Freundin Inge, um den aufstrebenden Stern am Musikhimmel zu treffen. Und genau in diesen Moment die Ansage: „Und hier ist der Neueinsteiger der Woche, Alex Burgmann mit einer Coverversion des französischen Stars Johny Halliday." Alex rief: „Dreh mal lauter, das muss ich unbedingt laut hören." Und zum ersten Mal hörte er sein Lied im Rundfunk, zur richtigen Zeit am richtigen Ort. Es war ein Gefühl wie Weihnachten und Ostern zusammen, und der Kommentar des Hessischen Rundfunks war auch sehr positiv. Der Sprecher meinte, es wäre ein außergewöhnliches Lied, da es mit einer klaren sanften Stimme gesungen wurde und eine Mischung zwischen Chanson und Protestlied darstellen würde. Das ging runter wie Öl, und Alex wusste das sein Ansehen damit auch bei Lauras Familie gestiegen war.

Bei der nächsten internen Veranstaltung von CBN lernte Alex einige der dort unter Vertag stehenden Künstler kennen. Auf den ersten Blick war es wie ein familiäres Treffen, vom Personalchef bis zum Produktionschef, von der Sekretärin bis zum Abteilungsleiter, waren alle da. Die großen Stars aus USA waren nicht gekommen, die kamen immer erst zu der größten Veranstaltung, einmal im Jahr. Aber die Europäischen Stars waren zum großen Teil anwesend. Es gab kleine Häppchen und Getränke, die ein Partyservice aus Frankfurt anlieferte. Alle waren gut gelaunt und man lernte sich etwas näher kennen. Iwan war in Begleitung seines Freundes, einem charmanten jungen Mann, der mindestens fünfzehn Jahre jünger war als er. Robert Weiß hatte ein längeres Gespräch mit Dagmar Reiter, und Stacos, ein gutaussehender Südländer, war mit Mary Rosenthal in einer angeregten Unterhaltung. Alex fühlte sich ein wenig deplaziert und stand an einer Theke. Neben ihm stand ein Junger Mann, der nur wenige Jahre älter war als er, den er noch nicht kannte. „Hallo, ich bin Alex, sind Sie auch ein Künstler hier bei CBN?" „Ja hallo mein Name ist Bernhard Stier, freut mich, Sie sind der Neue im Team, richtig?" kam es zurück. „Ja natürlich, jetzt klingelt es, Sie hatten schon vor ein paar Jahren einen großen Hit, tut mir leid das ich Sie nicht gleich erkannt habe, aber der Name und das Lied ist schon ein Begriff." „Macht nichts, ich bin auch erst neu bei CBN, wir sind die „Newcomer" 1970 hier. Deswegen können wir uns ruhig duzen, ich bin der Berni." Er lachte etwas sarkastisch und nahm noch einen tiefen Schluck aus seinem Bierglas. „Freut mich, Berni, ich bin Alex. Zum Wohl." Alex nahm auch einen tiefen Schluck und schaute ihn an. „Ich war davor in einer anderen Schallplattenfirma, und die haben mir ständig meine Tantiemen vorenthalten. Letztes Jahr ist der Vertrag ausgelaufen, und ich habe zu CBN gewechselt." „Nun, dann sind wir beide die jüngsten und neuesten in dieser Firma, und hoffentlich ist das ein gutes Zeichen." „Ein gutes Zeichen? Da kennst du die Branche nicht, die sind knallharte Geschäftsleute, und wenn deine Absätze nicht stimmen, dann bist du ganz schnell abgemeldet." Das war ein kleiner Dämpfer für seine hochfliegenden Träume, aber er wollte sich die Worte zu Herzen nehmen und Vorsicht walten lassen. Sicher ist sicher. Jetzt kam Stacos zu den beiden herüber und begrüßte sie freundlich. „Hallo, wir kennen uns noch nicht, ich bin Stacos." Berni und Alex grüßten ihn höflich, und es wurde der dritte Duzfreund an diesen Abend. Stacos erzählte von seiner neuen Langspielplatte und dass er bald damit auf Deutschlandtournee gehen würde. Alex fragt nach seinen Auftritten, die er im Deutschen Fernsehen hatte und wer ihn da hineingebracht hatte. Stacos sagte, dass die Firma CBN sich um solche Angelegenheiten kümmern würde und es ja viele Schallplattenfirmen gäbe, die alle ihre Künstler in den Sendungen unterbringen wollten. Es wäre also kein leichtes Unterfangen. „Wann ist denn Dein nächster Auftritt im Deutschen Fernsehen?" fragte Berni und Stacos sagte, es wäre in der Starparade mit einem gewissen Detlef Thorsten Beck, die jetzt jeden Samstag im Fernsehen laufen würde. „Das ist doch großartig, da würde ich auch gerne mal mitmachen." Lies Alex verlauten. „Da kommen nur die großen Stars rein" lachte Berni „keine Newcomer wie Du" Stacos erzählte, dass er eine Tournee in Süddeutschland plante und er noch jemand suchen würde, der im Rahmenprogramm mit ihm, auf seiner Tournee auftreten würde. Das war ein Wink mit dem Zaunpfahl, und Alex reagierte sofort. „Wie wäre es, wenn ich dich begleiten würde? Ich könnte mein Lied vorstellen und dich dann ansagen, dass wäre doch für uns beide ein Vorteil, oder?"

Stacos willigte ein, und sie machten einen Termin für einen Besuch in seinem Haus aus. Der Produktionschef, Herr Wertgraf, kam nun auch an die Theke. „Wie ich sehe, haben Sie sich schon bekannt gemacht, es freut mich, wenn sich unsere Stars gegenseitig verstehen und zusammenarbeiten." Zum Schluss gesellt sich auch noch Robert zur Gruppe und lockert das Gespräch mit seinem ständigen lachen und seiner guten Laune auf. Er ist ein dunkelhäutiger, sehr erfolgreicher Entertainer, aber sein ständiges Grinsen kann einem schon mal auf den Wecker gehen. Ein gelungener Abend und ein vielversprechender Start in eine neue Karriere gehen zu Ende.

Als Alex Stacos besucht, stellt er fest, dass auch Stars, wie er auch, nur mit Wasser kochen. Sein gutes Aussehen, machte ihn zum Frauenschwarm, aber sonst ist alles, wie in einer normalen Familie. Er ist verheiratet und hat zwei kleine Kinder, und wohnt in einem Reihenhaus in Egelsbach bei Frankfurt. Er spielt Alex seine neuen Lieder vor, die auf seiner neuesten Langspielplatte enthalten sind, und auch die Playbacks, die er sich für die Tournee auf Tonbänder und Kassetten hat überspielen lassen. Tonbänder sind für den Auftritt, und die Kassette zum Einüben für unterwegs. Die musikalische Richtung von beiden ist festgelegt, und die Tournee kann kommen. Stacos ist mit seinen Schlagern erfolgreich, aber Alex wollte einen anderen Stiel, seine Richtung war mehr Blues, Chanson oder Soul, auch wenn er erst einmal die vorgeschlagenen Lieder von CBN singen musste. Er hatte keine großen finanziellen Mittel, und da musste er noch mit Stacos über die Tournee sprechen. „Hör mal Stacos, wenn ich mit dir wochenlang unterwegs bin, kann ich das nicht umsonst machen, das verstehst du doch. Für die Begleitung und dafür, dass ich dich jedes Mal ansage, brauche ich einen kleinen Verdienst, sonst kann ich die Hotels und meine Verpflegung nicht bezahlen." Stacos ist einverstanden und bietet ihm zweitausend DM für die drei Wochen Tournee. Alex ist einverstanden, auch wenn er weiß, dass Stacos an manchen Abenden fünftausend DM verdient hat. Als Anfänger musste man eben kleine Brötchen backen, und in der Zukunft würde er sicher etwas mehr verdienen. Als er sich verabschiedet, zeigt Stacos Alex sein Auto, in dem er auf Tournee gehen will. Alex ist entsetzt: „Mit dieser alten Schrottkiste willst Du auf Tournee gehen? Das ist doch nicht Dein Ernst, oder?" Ein alter Ford Taunus mit über 250.000 Kilometer, der auch schon bessere Tage gesehen hatte. „Der Wagen hat noch TÜV, und trotz seiner hohen Kilometerzahl läuft der noch einwandfrei", meint Stacos. „Es geht hier nicht um TÜV und wie gut er noch läuft, es geht darum, dass deine Fans einen Star erwarten, und der kommt nicht mit so einer Schrottkiste." Stacos schaut ihn nachdenklich an und sagt dann endlich: „Ok, du hast Recht, was schlägst du vor Alex, ich habe nicht so viel Ahnung von Autos, hast du einen Vorschlag, der nicht zu teuer ist? Einen neuen Wagen kann ich mir noch nicht leisten, das Haus und die Familie kosten schließlich auch viel Geld" „Was kannst du denn maximal ausgeben?" „Ja, so sechs, bis siebentausend DM, mehr geht im Moment nicht." „Ok, ich habe da einen Freund, der einige gut erhaltene Mercedes verkauft. Wir fahren mal hin, und ich denke, der macht dir einen gutes Angebot. Du hast ja auch noch den Star-Effekt. Wenn der seinen Kunden sagen kann, dass sogar Stacos bei ihm kauft, dann macht er dir bestimmt einen guten Preis." Gesagt, getan, und die beiden können zu einem Schnäppchenpreis, einen schönen 220 SE Coupe ergattern. Der Innenraum hat sehr schöne Ledersitze in hellem Beige mit edlen Holzapplikationen und vielen Chromzierleisten. Auch das Lenkrad ist beige, mit schwarzen Kunststoffpolster in der Mitte, und umgeben mit einem verchromten Ring, der als Hupe dient. Nur die Farbe war schon etwas heruntergekommen, mit ein paar Roststellen. Aber auch da konnte Alex Abhilfe schaffen, denn er hatte einen anderen Freund, der in Offenbach in einer Autolackiererei arbeitete. Das schicke Coupe wurde kurzerhand umlackiert und stand dann da, wie neu, in einem goldenen Hammerschlaglack. Das war natürlich ein richtiger „Hingucker", der jedermann auf der Straße auffiel. Damit ging es dann mit Alex auf die erste Tournee durch Süddeutschland. Nach einigen Wochen entstand eine enge Freundschaft zwischen beiden, die auch dem Umstand geschuldet war, dass beide sehr eng auf längerer Zeit zusammenleben mussten. Normalerweise übernachteten sie in den Hotels in Einzelzimmern, aber es gab auch Tage, da mussten sie sich ein Zimmer teilen. Wenn zum Beispiel in einer Stadt eine Messe oder eine Tagung war, und die Hotels ausgebucht waren. Dadurch lernte man sich viel intensiver und besser kennen, als es üblicherweise der Fall war. Alex konnte erfahren, was es für einen Vorteil hatte, wenn man sich jeden Tag ein wenig zurückzog und eine halbe Stunde zur Ruhe kam, indem man meditierte. Auch das Proben und das Tonleitersingen vor jedem Auftritt war etwas Neues für ihn. Bei seinen Bands, in denen er vorher gesungen hatte, wurde natürlich geraucht und getrunken, auch mal ein wenig Haschisch unter den Tabak gemischt, und viele hatten sich total dem Alkohol verschrieben. Dies alles machte Starcos nicht, und lehnte es Gott sei Dank ab. Das kam Alex sehr entgegen, denn er hatte auch keine Sympathien für Alkohol und Drogen. Da waren beide eine Ausnahme in dieser Zeit, denn die meisten Stars in diesen Tagen waren ständig zugedröhnt und oft nicht Herr über ihre Sinne. Die einzigste Schwäche waren schöne Frauen, denen Stacos nur schwer widerstehen konnte. Da wurden nach dem Auftritt nicht nur Autogramme unterzeichnet, sondern auch eindeutige Angebote von weiblichen Fans gemacht. Das ging dann soweit, dass nach einer Fernsehshow viele Mädels die Stars bis ins Hotel verfolgt haben. Es geschah zum Beispiel nach der Sendung „Drei nach acht" mit Tim Wölke, als ein paar wilde Teenager dort den Stars auflauerten. Stacos und Alex hatten sich schon in ihren Zimmern im Hotel eingefunden und waren gerade dabei sich in einer der beiden Zimmer über den vergangenen Fernsehauftritt zu diskutieren. Da hörten sie wildes Geschrei im Flur und lautes Getrampel, und jemand klopfte wild an die Zimmertür. „Das werden doch nicht die Teenager sein, die schon unten auf uns gewartet haben?" Alex öffnet die Tür einen Spalt und ruft dann gleich erstaunt. „Mensch, Peter, komm rein!" und schließt die Tür hinter Peter sofort. Draußen hört er schreiende Mädchen. Peter ist ein sehr gut aussehender Fernsehstar von einer anderen Schallplattenfirma, der auch mit in dieser Sendung teilgenommen hatte. Völlig außer Atem erzählt er, dass er gerade im Begriff war, sein Zimmer zu suchen, als dort schon einige Mädels auf ihn gewartet haben. Er konnte nur noch schnell den Flur entlang rennen und zu unserer Tür flüchten. Stacos kennt ihn schon länger und begrüßt ihn herzlich. „Dann rufen wir jetzt die Rezeption an und lassen uns von diesem wilden Haufen deiner Fans befreien." Kurze Zeit später war wieder Ruhe eingekehrt, und Peter sagte vergnügt: „Mein Gott, was für ein Haufen liebestoller Weiber! Wenn die wüssten, dass ich schwul bin, hätte ich wieder ein paar Fans weniger." Dabei wedelt er mit der Getränkekarte vor seinem Gesicht herum, um seinen erhitzten Kopf abzukühlen. Er sieht Stacos an, und zu Alex schauend sagt er dann: „Das ist also der neue bei CBN, sieht doch ganz passabel aus, ein richtiges Sahneschnittchen." „Mach Dir keine Hoffnung." sagt Stacos, „er ist genau wie ich nur hetero, sorry." „Ok, dann sehen wir uns später im Restaurant, da wollen sich alle Mitwirkenden, die heute dabei waren, noch einmal auf eine Drink treffen. Ich muss mich dafür nur noch ein wenig frisch machen." Sagt es und huscht zur Tür hinaus. „Der ist ja eine Marke, aber auch sehr sympathisch!" ruft Alex und grinst in sich hinein. Nach einer Weile gehen auch sie runter ins Restaurant, und dort ist eine großer Tisch in einer Nische, der gut zwanzig Leute um sich versammeln kann. Alex war ja nur Zuschauer bei dem Fernsehauftritt von Stacos und lernte erst jetzt einige der Mitwirkenden kennen. Heinz Eckhard ein wahnsinnig lustiger Komiker und Musiker, der mit seinen witzigen Reimen alle zum Lachen brachte, das Tanzballett Rupert Schubert, der Schauspieler Ralf Jürgens und Sportler Gerd Müller. Nachdem sich alle begrüßt und schon einige Getränke zu sich genommen hatten, lauschte man nur noch den Geschichten von Heinz Eckhard. Die waren außergewöhnlich intelligent und unglaublich lustig. Das artete dann so ins Uferlose aus, dass alle nur noch gespannt auf ihn schauten. Er brauchte dann nur ein einziges Wort zu sagen, oder den Ansatz eines seiner Gedichte, und die Gruppe kugelte sich vor lachen. Die Sänger und Tänzerinnen, die Regieleiter und die Kameraleute, alle hatten rote Köpfe und Tränen in den Augen, und konnten kaum noch die

Lachanfälle stoppen. An diesen Abend ging Alex zum ersten Mal mit Muskelkater wegen zu heftigen Lachens zu Bett.

ENTTÄUSCHUNG

Die Tournee mit Stacos ging zu Ende, und Alex musste sehen, wie er wieder Geld verdienen konnte. Er hatte für Stacos mehr getan, als verabredet war. Jeden Auftritt, bei dem er dabei war, hatte er auch als Konfrontier gewirkt und den Star „Stacos" mit Begeisterung angesagt. Oft hatten sie sich beim Fahren in eine andere Stadt abgewechselt, oder Alex fuhr die ganze Strecke allein. Sie verbrachten viele Stunden zusammen auf der Autobahn, in Hotels und auf verschiedenen Bühnen oder großen Diskotheken. Das alles machte sie zu engen Freunden, die sich durch ihre tägliche Arbeit und den engen Kontakt recht gut kennenlernten. Nach der Tournee hatte Alex dann nur noch wenig Kontakt zu Stacos, denn der wollte im Studio neue Aufnahmen machen und hatte deshalb keine Zeit mehr für ihn.
Dann auf einmal ging alles drunter und drüber. Der Produktionschef von CBN Herr Dr. Wertgraf hatte einen tödlichen Unfall. Er kam von einer Feier und raste in einen unbeleuchteten Lastwagen. Da er diesen nicht rechtzeitig erkannt hatte, war er mit voller Geschwindigkeit hineingerast. Er starb noch am Unfallort. Einige Tage später hatte Alex von der Firma CBN einen Anruf bekommen, er solle bitte so schnell wie möglich zu einem Gesprächstermin nach Frankfurt kommen. In der Firma angekommen, musste er feststellen, dass die komplette Stimmung

auf einen Schlag anders war. War es die Trauer oder der Schock bei den Mitarbeitern, oder war es mehr? Der Personalchef bittet ihn in sein Büro, und dort beginnt ein unerfreuliches Gespräch. „Wir müssen Ihnen leider miteilen, dass wir uns gezwungen sehen, unseren Vertrag mit Ihnen zu kündigen." Alex fühlt sich, als ob ihm jemand einen Eimer kaltes Wasser über den Kopf geschüttet hätte. Er ist so perplex, dass er im Moment keinen klaren Gedanken fassen kann. Doch dann findet er ein paar Worte. „Wie so das, wie stellen Sie sich das eigentlich vor. Man hat mir erst vor wenigen Monaten von Ihrer Seite einen Schallplattenvertrag angeboten, den ich bis zum heutigen Tag erfüllt habe." „Ja, aber beide Seiten haben die Möglichkeit, den Vertrag zu kündigen." „Dann müssen Sie mir eine Entschädigung zahlen laut Vertrag." „Das werden wir auch tun, und unser Rechtsanwalt hier im Haus hat auch schon alles vorbereitet." „Mich würde aber auch der Grund dieser Kündigung interessieren." „Nach dem Tod von Dr. Wertgraf haben wir einen neuen Produktionschef verpflichtet, und der hat nach reiflicher Überlegung festgestellt, dass wir uns von einigen Künstlern trennen müssen. Die Absatzzahlen waren sehr schlecht, und deswegen müssen wir uns von Ihnen und Bernhard Stier verabschieden." Alex weiss, dass er nichts gegen diese Entscheidung unternehmen kann, und lässt sich auf den Kuhhandel ein. Er bekam eine Abfindung, die ihn noch ein paar Monate über Wasser halten würden, und bis dahin musste er eine

Neue Firma gefunden haben. Seine Enttäuschung war sehr groß, und er fühlt sich im Augenblick, als ob ihm der Boden unter den Füßen wegrutscht. Jetzt fallen ihm wieder die Worte von Berni ein. (Wenn Deine Absätze nicht stimmen, bist Du ganz schnell abgemeldet.) Das hatte sich jetzt für beide bewahrheitet, mit dem kleinen Unterschied, dass Berni einen reichen Vater hatte, der auch noch in der Musikbranche bekannt war, und dadurch keine finanziellen Sorgen hat. Den Künstler oder Menschen interessiert niemanden in einer solche Schallplattenfirma. Hier zählt nur Erfolg, das heißt der Absatz, und das Geld was damit verdient wird. Eine profitgeile Branche, dieses Geschäft, dachte Alex und machte sich auf den Heimweg. Am Abend traf er sich mit Laura und erzählt ihr das ganze Missgeschick. „Stell Dir vor, diese Armleuchter haben mir einfach den Vertrag gekündigt, mir eine Abfindung ausgezahlt und damit ist für sie die Angelegenheit erledigt. Natürlich dürfen die anderen bleiben, die haben ja einen besseren Umsatz. Kein Wunder, wenn man schon länger dabei ist und einen gewissen Bekanntheitsgrad hat. Das ist so was von kurzfristig gedacht, dieser neue Produktionschef ist so ein Arschloch, dem würde ich gerne mal die Meinung sagen." „Das bringt doch nichts, das weißt du doch selbst, es ist besser wenn du dich bei anderen Firmen bewirbst oder eine neue Band suchst." Laura versucht ihn etwas zu beruhigen, aber auch ihr merkt man die Enttäuschung an. Kein gutes Zeichen für die Zukunft. Die musikalischen Träume, die er verwirklichen wollte, waren erst einmal geplatzt. Wie sollte es nun weitergehen, was könnte er noch machen um wieder ins Geschäft zurück zu kommen? Alles Fragen, die ihm durch den Kopf gingen. Nach mehreren Anfragen und genauso vielen Absagen kam er zu dem Ergebnis, dass er erst einmal einen Job braucht, um überhaupt über die Runden zu kommen. Ein Unheil kommt selten allein, und so musste er auch noch den Motorschaden von seinem alten Citroen in Kauf nehmen. Der Austauschmotor verschlang wieder einen Teil seiner Abfindung und er musste feststellen, dass viele Freunde und Bekannte nun weniger Zeit für ihn und seine Probleme hatten. Auch seine Künstlerkollegen bei CBN hatten plötzlich keine Zeit mehr, und speziell die bekanntesten hatten keinen Sinn für Solidarität. Jeder scheint nur auf seinen eigenen Vorteil bedacht zu sein. Für ihn waren sie Ratten, die nun das sinkende Schiff verließen. Seine Verbitterung macht sich in solchen Gedanken bemerkbar, und er befürchtete, dass die musikalische Karriere erst einmal beendet war. Er hat zwar noch einige Adressen von Veranstaltern, die er mit Stacos besucht hatte und die ihn gerne noch einmal auftreten lassen würden, aber ohne einen neuen Schallplattenvertrag und einem neuen Song, war es nur noch eine Frage der Zeit, bis auch die sich von ihm abwenden würden. Lauras Mutter und auch die Oma waren sich nun sofort wieder einig. Das haben wir doch gleich gesagt, so ein Beruf ist einfach nichts solides, und Alex deshalb nicht der Richtige für ihre Laura war. „Wir haben doch gleich gesagt, dass das nicht nichts wird, das sind doch alles nur Luftschlösser, die sich der Alex da baut." Auf der einen Seite konnte Alex die Mutter verstehen, denn die wollte für ihre Tochter natürlich nur das Beste. Einen Mann, der ein gutes Einkommen hätte und möglicherweise in einer Bank arbeitete, oder ein Beamter, der im höheren Dienst steht, der gute monatliche Bezüge hätte und danach eine ordentliche Pension bekäme. Das waren die Grundvoraussetzungen für einen Mann der sich um ihre Tochter, beziehungsweise ihr Enkel bewarb. Auf der anderen Seite konnte er sie nicht verstehen, weil sie damit in das Persönlichkeitsrecht eines Menschen eingriffen und Laura damit Vorschriften machen wollten, wie sie zu leben, und wen sie zu lieben hätte. Das war für ihn nicht akzeptabel, denn es würde ja auch sein Leben beeinflussen und ihr Verhalten sich bis auf ihn auswirken. Also, was tun? Er musste mit Laura ernsthaft darüber sprechen und die Probleme beim Namen nennen. „Laura, du kennst ja die Situation, deine Mutter ist nun mal nicht gut auf mich zu sprechen und möchte nicht, dass wir beide zusammen sind. Die letzten Wochen mit meiner Kündigung haben das natürlich noch verstärkt, und ich sehe keine Zukunft für uns beide. Das Beste ist, wir trennen uns für eine Weile und warten ab bis sich die Situation beruhigt hat." Laura kann ihre Enttäuschung nicht verbergen, und sie kann ihre Tränen kaum zurückhalten.

„Aber wir wollten doch alles gemeinsam durchstehen, und wenn wir uns jetzt trennen kommen wir womöglich nie wieder zusammen, oder liebst du mich nicht mehr?" Alex ist innerlich verzweifeld, er ringt mit seinen Gefühlen und weiß nicht mehr, was er machen soll. „Was schlägst du denn vor, wie soll es für uns beide weitergehen?" „Alex, such dir doch erst einmal eine feste Arbeitsstelle, und wenn du ein geregeltes Einkommen hast, dann hat meine Mutter bestimmt auch nichts mehr gegen unsere Beziehung einzuwenden." Alex erklärt sich widerwillig einverstanden und macht sich auf die Suche. Er ist sehr traurig darüber, dass er nun erst einmal seine geliebte Musik aufgeben muss. Wenn er Laura nicht verlieren will, gab es im Moment keinen anderen Weg. Doch er hatte Glück und fand eine Werbeagentur, die ihn als Grafiker einstellte. Damit hatte er erst einmal sein monatliches Einkommen und konnte sich seine Wohnung und sein Auto finanzieren. Die Monate gingen dahin, und ein neues Jahr begann. 1971 war genau so unsicher, wie es begonnen hatte. Die Beziehung zu Lauras Mutter war nun auf dem Tiefststand angekommen. Alex sah nur den Weg Laura einen Heiratsantrag zu machen. Sie wurde ja im Mai schon 18 Jahre und hatte ihre Lehre als Retuscheurin in Offenbach schon zur Hälfte hinter sich. Als Laura ihrer Mutter ihre Hochzeitspläne gestand, bekam sie eine gewaltige Abfuhr und ihre Mutter gab ihr deutlich zu verstehen, dass sie zu dieser Hochzeit niemals ihr

Einverständnis geben würde. Leider war das Gesetz auf ihrer Seite, denn damals war man erst ab 21 Jahren Volljährig. Sie brauchte also unbedingt die Genehmigung ihrer Mutter. Bis dahin hätten sie also noch einmal drei volle Jahre warten müssen, um Alex legal heiraten zu können. Das war eine zu lange Zeit, und das wäre das Aus für ihre so junge Liebe. „Dann gibt es nur eine Lösung!" ruft Alex, denn er will sich nicht geschlagen geben. „Wir müssen heimlich heiraten, und das ist nur möglich in einem Europäischen Land wie England oder in „Gretna Green" in Schottland, wo man schon mit 16 Jahren legal heiraten kann. Wichtig ist, dass es in Deutschland anerkannt wird." „Ich geh mit Dir, wohin Du willst auf dieser Welt, solange wir nur zusammen bleiben können, mein Schatz." „Also gut, dann machen wir jetzt einen geheimen Plan, wir dürfen aber niemanden davon etwas erzählen, weil sonst der Erfolg zum scheitern verurteilt ist. Wenn deine Mutter davon etwas erfährt, ist die Hochzeit geplatzt." „Du meinst es wirklich ernst, Alex, das finde ich toll, wir ziehen das zusammen durch, ich bin schon total aufgeregt." „Am besten ist es, wenn wir auch unseren Freunden und der Familie nichts erzählen, sicher ist sicher, und es muss genau geplant werden." In den nächsten Tagen wurde ein genauer Plan entworfen denn es mussten Urkunden und Pässe besorgt werden. Sie schauten sich eine Straßenkarte von England und Schottland an und versuchten die Reise dorthin so gut wie möglich zeitlich einzuordnen. Laura musste irgendwie eine Woche Urlaub von ihrer Firma bekommen, ohne dass ihre Mutter etwas davon mitbekam. Der schwierigere Teil war die Geburtsurkunde die man In Great Britain verlangen würde. Was sollte Laura ihrer Mutter erzählen, warum sie ihre Geburtsurkunde haben wollte ? Es durfte auf keinen Fall der Verdacht auf eine heimliche Hochzeit aufkommen. Laura musste sie heimlich entwenden und eine Kopie machen. Alex hatte andere Sorgen, er musste sich um einen zuverlässigen Wagen kümmern. Sein alter Citroen würde wohl die lange Reise nicht überstehen. Er hatte ja noch einen Freund in Heusenstamm, der mit gebrauchten Autos handelte, und der sollte einen zuverlässigen Wagen haben. Die finanziellen Mittel waren zwar etwas beschränkt, aber er war guter Hoffnung, weil er ihn schon viele Jahre kannte. Seine Hoffnung wurde nicht enttäuscht, und er konnte einen gut gebrauchten Opel Rekord in hellblauer Farbe erstehen der nur 170.000 km auf der Uhr hatte. Damit waren die gröbsten Hindernisse beseitigt, und es konnte der Plan durchgeführt werden. Die Spannung stieg von Tag zu Tag, und dann war es soweit. Alex hatte noch in Köln und Henglarn Westfalen ein paar Auftritte in einer Diskothek und verschiedenen Clubs arrangieren können, um damit das Abendteuer und die Reise nach Great Britain zu finanzieren. Jetzt musste nur noch die Mutter überzeugt werden, dass Laura ihn zu diesem Auftritt in Köln begleiten durfte. Falls sie aber nicht mitgehen durfte, musste der Plan B her, und der war, heimlich die Koffer packen und an einem Abend einfach zu verschwinden. Es war in der Zwischenzeit Dezember geworden, und die Termine standen fest. An einem kalten Samstagmorgen holte er Laura vor der Haustür ab. Sie hatte nur eine kleine Tasche mit, und damit war sie unauffällig, so, als würde sie nur einen Tag mit Alex in Köln verbringen. Doch sie hatte schon einige Tage davor ihre Reisegarderobe Stück für Stück bei Alex versteckt. Nun gab es kein Zurück mehr, die eine Woche Urlaub war genehmigt, die Geburtsurkunde hatte sie ja heimlich entwenden können, und der Reisepass war ausgestellt, der Zwischenstopp in Köln brachte noch mal 500 DM in die Reisekasse, und die Reiseroute war auf der Karte markiert. Alex hatte auch alles zusammengetragen, und nun konnte das große Abenteuer beginnen. Als sie nun auf der Autobahn in Richtung Köln waren, kamen beiden doch einige Bedenken. Was würde ihre Mutter tun, wenn sie von der heimlichen Flucht nach England erfuhr? Könnte die Polizei sie noch vor der Grenze aufhalten? Wie würden die Familie und der Freundeskreis von Alex reagieren, wenn sie erfuhren, dass sie durchgebrannt waren um heimlich zu heiraten? Es war ja ein gewisser Tabubruch, den nicht jeder für gut heißen würde. Es musste also alles gut klappen heute Abend in Köln, und dann nichts wie weg in Richtung Belgien. Sie sprachen sich gegenseitig Mut zu, und danach stellte sich eine gewisse Erleichterung ein.

Der alte Opel rollte über die Autobahn und der kleine Motor gab gute Wärme ab, dass war sehr wichtig für die lange Reise. Egal was für Schwierigkeiten noch kommen sollten, jetzt konnte sie nichts mehr aufhalten.

DURCHBRENNEN

Auf der Fahrt nach Köln ging soweit alles gut. Nur die Frage, was würde passieren, wenn sie heute Abend nicht wieder zuhause waren? Diese Frage wollten sie sich nun nicht mehr stellen, auch wenn Lauras Mutter die Polizei verständigen und sie als vermisst melden würde. Laura fragt trotzdem: „Besteht die Möglichkeit, dass wir an der Grenze zu Belgien oder England aufgehalten werden?" Alex ist sich nicht sicher, aber versucht sie zu beruhigen. „Mach dir keine Sorgen, wir haben ja nichts verbrochen. Wir sind ein verliebtes Paar und wollen zusammen Urlaub machen, das kann uns niemand verbieten." „Ja, Du hast Recht, trotzdem ist es sehr aufregend für mich, denn es ist mein erstes großes Abenteuer in meinem Leben." Laura hat immer noch kleine Bedenken und ihre Angst, dass es nicht klappen könnte, schwingt in jedem Wort mit. „Keine Angst, mein Engel, wir schaffen das schon, und wenn wir erst einmal in England sind, dann ist der Weg nach Schottland nicht mehr weit. Und wenn wir dann in der Schmiede in Gretna Green uns das JA-Wort gegeben haben, dann kann niemand mehr etwas an unserem Glück ändern." Der Besitzer der Diskothek in Köln begrüßt die beiden herzlich, denn er kannte Alex ja noch von dem Auftritt mit Stacos. Er hatte ihn noch mal in der lokalen Presse für diesen Samstag angekündigt, und viele Menschen waren wegen ihm gekommen. Das war noch mal ein wenig

Balsam auf seine verletzte Seele, denn er verstand, dass die Leute ihn auch ohne Schallplattenvertrag sehen und singen hören wollten. Auch der nächste Auftritt war erfolgreich, und damit hatten sie ihre Reisekasse noch einmal etwas auffüllen können. In der gleichen Nacht ging es dann in Richtung Belgien. Alex war überrascht, wie groß dieses Land war. Auf der Karte war es nur eine Zwischenstation auf dem Weg an die Küste nach Calais. Er konnte auch nicht verstehen, dass die Autobahn nach stundenlanger Fahrt durchweg mit einem gelblichen Licht beleuchtet war. Ein warmer, fast orangefarbener Ton beleuchtete die Autobahn. „Die haben zuviel Geld, das muss ja ein Vermögen kosten, diese Tausende von Lampen." Lachte er und freute sich schon auf den Hafen in Calais. Dort angekommen spät in der Nacht, übernachteten sie in einer kleinen Pension, und beide schliefen vor Erschöpfung bis in die Mittagsstunden. Der Tag war grau und kalt, und an manchen Stellen lag noch oder schon wieder Schnee, und sie mussten sich beeilen, ein Ticket für die Überfahrt nach Dover zu bekommen. Beide waren der französischen Sprache nicht mächtig, und so mussten sie mit Händen und Füßen kommunizieren, um das richtige Ticket nach Dover zu erhalten. Danach ging alles zügig voran und der alte Opel fuhr langsam in den Bauch der Fähre. Dort wurde er an allen vier Rädern angeschnallt, wie alle anderen Autos, und sie mussten das Unterdeck verlassen. Oben auf der Fähre waren ein großes

Restaurant ein Aufenthaltsraum und zwei kleine Bistros. Auch ein duty free Shop war an Bord, und die meisten kauften sich Zigaretten oder Spirituosen. Für Alex und Laura war es eine komplett neue Welt, die sich da vor ihnen auftat. Die Fähre tuckerte durch die Nacht, und das ganze Schiff schien zu vibrieren. Einige Gäste wurden seekrank und mussten sich übergeben, andere schliefen die ganze Überfahrt. In Dover angekommen eröffnete sich ihnen eine komplett neue Welt. Grelle Scheinwerfer beleuchteten den Hafen, und die neue Sprache machte ihnen Schwierigkeiten, obwohl sie in der Schule Englisch gelernt hatten. Das schnelle Sprechen und der zusätzliche Slang, bereiteten ihnen große Mühe. Die salzige Luft war erfrischend, doch der Geruch war gewöhnungsbedürftig. Eine Mischung zwischen Fisch und Dieselöl sowie die Abgase der Autos machten es besonders schlecht. Jetzt musste Alex aufpassen, denn die Luke der Fähre war auf, und die Autos und einige Lastwagen begannen sich zu bewegen. Der alte Opel fuhr langsam aus dem Bauch der Fähre, und nun musste er die Straßenseite wechseln. Er hatte schon über den seltsamen Linksverkehr gelesen, und wusste was auf ihn zukam, aber die Wirklichkeit ist dann doch wieder etwas anders. Alex ist voll konzentriert und fährt ohne Probleme auf der linken Seite der Straße. Die sind schon seltsam, diese Engländer, denkt er, und hält Ausschau nach den Straßenschildern, die ihn in Richtung Brighton lenken sollten. Er hatte sich auf der Karte die

Städte angekreuzt, die ihn zu seinem ersten Ziel Bournemouth führen würden, wo er eine Adresse hatte, die ihm die Frau von Stacos gegeben hatte, weil sie dort Englisch gelernt hatte. Eine Familie, die dort Sprachstudenten beherbergte und immer ein Zimmer frei hatte, war das erste Ziel. Aber erst einmal musste er den Weg in diese Richtung finden. Bei Dunkelheit, auf der linken Seite der Straße und in einem fremden Land war natürlich nicht gerade alltäglich für ihn. Nach einigen Kilometern kamen sie zur kleinen Stadt Folkestone und hielten dort Ausschau nach einer kleinen Pension oder einem Bed und Breakfast. Irgendwie war es dort sehr ruhig, niemand zu sehen auf der Straße, und keine Gaststädte in Sicht. Also beschlossen sie, bis zur nächsten Stadt weiterzufahren. Hastings war der nächste Ort, und der war auch nicht viel besser. Am Stadtrand konnten sie endlich ein Schild erkennen mit den Buchstaben B + B, was soviel hieß wie „Bett und Frühstück", das war genau was sie gesucht hatten. Es war zwar schon spät, kurz nach Mitternacht, aber sie hofften auf das Verständnis der Betreiber, denn sie wollten nur noch ein Bett zum schlafen. Alex klingelt kurzerhand an der Eingangstür, aber alles bleibt ruhig. Beim zweiten Mal erleuchtet ein Fenster im ersten Stock, und eine verschlafene Person schaut herunter. „What do you want!" brüllt sie nach unten. Alex ist etwas überfordert und kann nur „Bed and Breakfast" stammeln. Ein Wortschwall mit äußerst schlimmen Schimpfwörtern ergießt sich über ihn, und die verärgerte Stimme lässt Alex vermuten, dass der gute Mann kein Zimmer mehr frei hat, und einfach genervt ist von der nächtlichen Ruhestörung. Da er sowieso nicht alles versteht, tritt er den Rückzug an und bewegt seinen Opel in Richtung Eastbourne an der Küste entlang. Dieses Mal fährt er bis in die kleine Hafenstadt hinein und hat Glück. Ein kleines Hotel ist noch beleuchtet, und er fragt ob noch ein Zimmer frei wäre. Alles klar, es klappt, sie holen ihr Gepäck und bringen es auf ihr Zimmer. Beide sind nun todmüde und wollen nur noch schlafen. Von unten hören sie noch Musik und Gelächter aus dem Schankraum, aber das kann sie jetzt nicht mehr interessieren. Es ist steinkalt im Zimmer, und nur ein kleiner Heizkörper mit zwei glühenden Querstangen, der im offenen Kamin stand, sollte etwas Wärme spenden. Laura stand da und zitterte vor Kälte, die ungewohnte Umgebung, die späte Nachtstunde und die lange Reise hatten sie sehr mitgenommen, und nun konnte sie nur noch weinen. „Ich kann nicht mehr, bin einfach nur noch todmüde." Auch Alex fröstelte in diesem kalten Raum, und beide zogen sich nur die Schuhe aus und krochen unter die hauchdünne Zudecke. Er nahm Laura in den Arm und versuchte sie so gut es ging zu wärmen und dabei schliefen sie beide erschöpft ein.

Am nächsten Morgen hörten sie schon früh einige Stimmen im Flur, und Alex wollte nun schnell Frühstücken, denn sie wollten noch heute in Richtung Bournemouth aufbrechen. „Komm mein

Liebling, steh auf, ich brauch jetzt dringend ein Frühstück, und dann geht es weiter." Er beugt sich über das Bett, streicht ihr zärtlich über ihr Haar und gibt ihr einen Kuss auf den Mund und die Stirn. Ein kleines Waschbecken im Zimmer genügt für die Morgentoilette. Laura macht sich kurz frisch und Alex schaut schon mal in den Flur, wo noch immer Stimmen zu hören sind. Draußen im Gang steht ein Pärchen und knutscht. Sie ist eine junges Mädchen und er ein Mann in den besten Jahren. Mmmm, das sieht doch recht nach einer Affäre aus, denk Alex. Als sie in den Frühstücksraum kommen sind da noch mehr verschlafene Gestalten, die mit jüngeren Mädchen am Tisch sitzen. Laura sieht Alex verdutzt an und flüstert: „Das sieht hier aus wie ein Stundenhotel, glaubst Du nicht auch ?" „Das hab ich gestern Abend gar nicht so mitbekommen, ich wollte eigentlich nur ein Bett zum schlafen, aber ich glaube du hast Recht, das einzige Paar was wirklich nur geschlafen hat, waren wir beide." Er schaut Laure verschmitzt an und sie lächelt verschämt zurück.

Das Frühstück war das schrecklichste, was beide jemals erlebt hatten. Es gab schwarzen Tee und schwarzgebrannten Toast mit gesalzener Butter und jeweils zwei verkohlte Würstchen, und dazu die typische bittere Orangenmarmelade. Wie kann man nur so etwas als Frühstück bezeichnen? Wenigstens den Tee mit etwas Zucker konnte man ertragen, aber alles andere war nicht zu genießen. Also machten sie sich auf den Weg, der Küste entlang in

Richtung Bournemouth. Die nächste Stadt war Brighton, direkt an der Südküste von England gelegen. Diese Stadt ist bezaubernd und gefällt den beiden sehr. Sie machen kurz Rast und bekommen endlich ein „Continental Breakfast", was schon eher an die Heimat erinnert. Die Stadt hat ein mediterranes Flair mit weißen, stilvollen Häusern. Die mondänen Häuserfronten im klassischen Stil mit Balustraden und Säulen und ihren schönen Erkerfenstern lassen den Ort sehr charmant und wohlhabend erscheinen. Ein besonderes „Highlight" ist der ins Meer gebaute Pier. Eine lange Promenade, auf Stelzen gebaut, und am Ende ein wunderschönes Kuppelgebäude im altenglischen Stil. Es wirkte wie eine kleine Insel mitten ins Meer gebaut und versprüht den Scharm von einer Stadt am Mittelmeer. Viele Restaurants, Bars und Cafes runden den Eindruck ab. Dieser kurze Aufenthalt hat den beiden dann wieder etwas Zuversicht gegeben und ein gutes Gefühl, dass ihre Reise doch nicht so schrecklich werden würde, wie am ersten Tag. Dann ging die Fahrt weiter nach Worthing, über Chichester nach Southamton, und dann durch den „New Forest" National Park nach Bournemouth. Der „New Forest", also auf Deutsch „neuer Wald", ist gar nicht so neu, denn er wurde im Jahr 1079 zum königlichen Wald für die Jagt erklärt. Um in diesen National Park hineinzufahren hatte man bei den Einfahrten eine breite Grube ausgehoben und diese mit Eisenbahnschienen im Abstand von 10 cm belegt. Das war eine natürliche Barriere für die wilden und freilaufenden Tiere im New Forest, und natürlich für alle freilaufenden Ponies im Park. Wenn man mit dem Auto darüber fuhr, gaben die Reifen bei jeder Berührung der Schienen einen gummiartigen Ton von sich. Ungefähr wie ein Ball der über ein Wellblechdach rollt, blob blob blob, bis die zwei Meter breite Grube überfahren war. Das hatte den Vorteil, dass man keine großen Tore brauchte und die Straßen Tag und Nacht offen waren, um in den Park ein und aus zu fahren. Nachdem sie den Park durchfahren hatten, waren es nur noch wenige Meilen nach Bournemouth. Dort angekommen suchten sie nach der Adresse, die ihnen damals die Frau von Stacos empfohlen hatte. Es war ein gemütlicher Stadtteil, in dem viele kleine freistehende Häuser im Tudorstil standen. Talbot Hill Street Nr. 11 würde für die nächsten Tage ihr vorübergehendes Zuhause sein. Die Begrüßung der Besitzer, Mr. and Mrs. Beale, war sehr herzlich, und nach dem sie erfahren hatten, dass Laura und Alex keine Sprachstudenten waren, sondern hierher durchgebrannt waren um zu heiraten, bekamen beide getrennte Zimmer zugewiesen. Das war kein Problem für Laura und Alex, und die anderen Studenten im Haus, die aus verschiedenen Ländern stammten, fanden ihr Abenteuer äußerst spannend und machten ihnen den Aufenthalt sehr angenehm durch ihre Bewunderung. Mr. and Mrs. Beale hatten eine ältere Dame im Haus, die für die Küche zuständig war, und für alle Frühstück und Dinner in einem großen Esszimmer servierte. Es gab einen Zeitplan, der von allen eingehalten werden musste, damit die Essenszeiten reibungslos über die Bühne gingen. Der Hausherr hatte noch eine gute Nachricht für Laura und Alex parat, denn er konnte ihnen erklären, dass man in England schon mit 18 Jahren in jedem Standesamt offiziell heiraten durfte. Das waren gute Nachrichten für beide, denn nun brauchten sie nicht den langen Weg nach Gretna Green in Schottland anzutreten, wo man schon mit 16 Jahren heiraten durfte. Das würde ihnen wieder etwas Zeit und Geld sparen. Als nächstes stand auf ihrem Tagesplan ein Besuch in der Stadtmitte von Bouremouth, um im Standesamt einen Termin für die Hochzeit festzulegen. Da ihr Englisch nur aus dem Schulunterricht in Deutschland stammte und deshalb weniger als fließend war, wurde vom Standesamt ein offizieller Übersetzer bestellt, und man machte sie darauf aufmerksam, dass sie mindestens einen dreiwöchigen Aufenthalt in England nachweisen müssen. Das war wieder ein Rückschlag für ihre Pläne, denn Laura hatte mit ach und krach ihren Urlaub für eine Woche genehmigt bekommen. „Du musst morgen in deiner Firma anrufen und dort Bescheid sagen, dass du erst in drei Wochen wieder zur Arbeit kommst, egal was die dir für Konsequenzen androhen, wir brechen das jetzt nicht mehr ab!" „Laura schaut ihn verliebt an und lacht. „Jetzt sind wir schon so weit gekommen, selbst wenn die mir das Lehrverhältnis kündigen, werde ich doch jetzt nicht unsere

Hochzeit absagen." Sie sind sich über die nächsten Schritte vollkommen einig und der Termin im Standesamt wurde auf den 15. Januar 1972 festgelegt. „Stell dir mal vor, wir würden jetzt wegen dieser zwei Wochen Verlängerung wieder umkehren ? Diese Blamage könnte ich nicht ertragen, und unsere Freundschaft würde mit Sicherheit daran zerbrechen, das kommt also überhaupt nicht in Frage." Der einzigste Wermutstropfen war die finanzielle Situation, denn das Geld war für höchstens 10 Tage geplant. Also musste eisern gespart werden, und es gab keine Extraausgaben. Nachdem Laura vom Postamt nach Deutschland und mit ihrer Firma telefoniert hatte, war alles geregelt und es kam freudige Stimmung auf. „Lass uns ein wenig die Stadt erkunden!", ruft Laura und zieht Alex an der Hand in eine belebte Geschäftsstrasse. Es gibt so viel zu sehen, zu riechen und zu hören. Alles ist so neu und so unterschiedlich im Gegensatz zu Deutschland. Jedes Geschäft hatte Dinge in den Schaufenstern augestellt, die sie noch nie gesehen hatten. Alles ist in Pound Sterling und Pence ausgezeichnet, und Gewicht und Maß haben auch eine andere Bedeutung als in Deutschland. Damit begann das umrechnen von Deutsche Mark auf Britisches Pfund. Beim überqueren der Straße musste man auch sehr aufpassen, denn der Blick muss immer erst nach rechts, und dann nach links gehen, sonst kommt man schnell mal unters Auto kommen. Alex staunt über die vielen Gegenstände, die er nie zuvor gesehen hat, und manchmal dachte er: „Die spinnen die Engländer." Nicht nur, dass sie alle auf der falschen Straßenseite unterwegs sind, nein, auch weil alle Maße und Gewichte und sogar die nautischen Begriffe völlig von denen im restlichen Europa abweichen. Es gibt keinen Zentimeter, sondern Inch (1 Inch = 2,54 cm) keine Kilometer, sondern Meilen (1 Meile = 1,6 km) keine Liter, sondern Pint (1 Pint = 0,56 Liter) keine Kilos und kein Gramm, sondern Pound und Stone (1Pound = 453 Gram 1 Stone = 6,34 kg) keine Grad Celsius, sondern Fahrenheit (86 Fahrenheit = 30 Grad Celsius). „Die hätten sich doch mal den Europäischen Ländern etwas anpassen können, diese Eigenbrödler!", und holt seinen Taschenrechner hervor. Die Preise waren sehr unterschiedlich, manche Dinge hätten in Deutschland wesentlich mehr gekostet, und andere wiederum wären bei uns preiswerter gewesen. Es ist ein sonderbares Gefühl, was ihn in diesem außergewöhnlichen Land überkommt. Alles scheint sehr fremd, und doch hat er das Gefühl einer gewissen Vertrautheit, die er nicht beschreiben kann. Nach einem längeren Spaziergang öffnet sich die Häuserfront und der Stadtpark „Lower Garden" erschien vor ihren Augen. Laura ist begeistert. „Schau mal die schöne Parkanlage, da sind sogar kleine Palmen, ein Bachlauf, ein Teich und die riesigen Nadelbäume, man kann sich nur wundern wie in diesem Klima und um diese Jahreszeit alles so grün ist und überleben kann." Tatsächlich ist dieser Teil von Südengland recht mild, und der Park liegt geschützt in einer Senke. Diese Stadt versprüht den gleichen Charme wie Brighton und hat auch eine sehr schöne Strandpromenade. Der Pier ist etwas kleiner mit seinen Betonstelzen und erinnert mit seinem Stil an die Jahrhundertwende, er hatte eine schöne Aussichtsplattform über den Wellen des Atlantiks.

Nach einigen Tagen hatte sich Alex auch schon an den Linksverkehr gewöhnt und fuhr mit seinem alten Opel durch die Stadt, als wäre er hier geboren. Es gab viel Kreisverkehrsinseln, die es damals noch nicht so oft in seiner Heimat gab. Wenn er auf einen Kreisel zufuhr, war es jetzt nicht mehr ungewöhnlich nach links in den Kreisverkehr einzubiegen, wie es am Anfang der Fall war. Für ihn war es auch seltsam, wenn die entgegenkommenden Autos alle das Lenkrad auf der Beifahrerseite hatten, aber so musste es gleichermaßen auch für alle Engländer sein, wenn er mit seinem seltsamen hellblauen Opel Modell durch die Stadt fuhr. Nach wenigen Tagen war er bekannt wie ein bunter Hund, und viele schauten ihm verwundert nach.

Die drei Wochen vergehen wie im Flug, und er lernt auch die Enkelkinder von seinem Herbergsvater kennen. Die waren im gleichen Alter wie er und Laura und boten sich an, bei der standesamtlichen Trauung seine Trauzeugen zu sein. Das wurde selbstverständlich gerne angenommen, weil er damit dieses andere kleine Problem gelöst hatte. Jetzt konnte der Tag kommen, die drei Wochen waren eingehalten, die Unterlagen waren ins englische übersetzt, die Übersetzerin bestellt, die Gebühren bezahlt und die Trauzeugen angemeldet. Dann kam der ersehnte Tag der Hochzeit. Es war ein verregneter Samstag, und als Laura am Frühstückstisch erschien, konnte man ihr die Aufregung schon ansehen. Alex fragte sie besorgt „Hast du gut geschlafen?, keine Angst, es wird schon alles gut gehen, es ist ja alles gut vorbereitet." „Laura grüßt die anderen am Tisch, und die nette Haushälterin bring ihr frischen Kaffee. „Ja doch, ich bin schon sehr aufgeregt, es ist ja auch ein ganz besonderer Tag." Sie lacht Alex herzlich an und nimmt sich einen frischen Toast und die obligatorischen Bratwürstchen mit Speck und Ei. Das war ein typisches englisches Frühstück. Mr. Beale kamen ins Esszimmer und fragten in der typisch englischer Manier. „Good morning Alex, are you exsited this morning ?" Alex antwortet mit seinem beschränkten Vokabular auf Englisch. „Thank you Sir, I´m fine" und Mr. Beale fügt lapidar hinzu : „After your wedding today, you can sleep together in one room." Dabei huschte ein leichtes Lächeln über sein Gesicht. „Yes Sir, one room, I understand" Die anderen Studenten grinsten in sich hinein und wünschten den beiden viel Glück zur heutigen Hochzeit. Für den späten Nachmittag hatte Familie Beale eine kleine Feier mit Kaffee und Kuchen vorbereitet, aber jetzt mussten sie sich erst einmal sputen, denn der Termin beim Standesamt war für 11 Uhr angesetzt. Der alte Opel Rekord wurde wieder in Richtung Innenstadt gelenkt, und einige Leute verdrehten sich wieder den Kopf nach dem hellblauen Gefährt, welches nun schon einige Tage in Bournemouth zu sehen war. Für die Engländer war das natürlich ein seltener und ungewohnter Anblick, dass ein Fahrer auf der Beifahrerseite sein Lenkrad hatte, genau wie es umgekehrt für uns in Deutschland seltsam erschien ein englisches Auto mit dem Lenkrad auf der rechten Seite zu sehen. Es war ein kalter Samstagmorgen, der Himmel war bedeckt und ein leichter Nieselregen ließ alles grau in grau erscheinen. Alex parkt seinen Opel in der Nähe des Standesamtes und sagt zu Laura. „Mach Dir nichts aus dem miesen Wetter, Du kennst ja das Sprichwort „Regen bringt Segen", also haben wir den Segen von oben, und alles wird gut." Die Trauzeugen waren auch schon, da und die Übersetzerin hatte ihre Rechnung von 3 Englischen Pfund für ihre amtliche Übersetzung dabei und dann ging es ins Standesamt. Im Room Nr. 7 im Registry Office Bournemouth wurden alle Dokumente überprüft, und eine sehr nette ältere Dame fragte beide nach dem Einverständnis was sie mit „Yes" beantworteten. Das berühmte Ja-Wort war gegeben. Es war für beide eine enorme Erleichterung, denn niemand konnte ihnen jetzt noch einen Strich durch die Rechnung machen. Laura hatte immer noch Bedenken gehabt, ob die Behörden von Deutschland aus, ihr, die noch minderjährigen war, die Hochzeit verbieten konnten. Aber ihre akribische Vorbereitung und nicht zuletzt ihre absolute Schweigsamkeit hatte vollen Erfolg, denn niemand hatte auch nur einen Clou davon was sie eigentlich vorhatten. Einen Wermutstropfen gab es leider doch, die ganze Familie von Alex hatte keine Ahnung von ihren Vorhaben, und keine Möglichkeit, an seiner Hochzeit teilzunehmen. Seine Eltern und Brüder, seine Freunde und Bekannte waren vom schönsten Tag seines Lebens ausgeschlossen. Das war der Preis, den er für das Durchbrennen mit Laura bezahlen musste. Aber ihr Abenteuer hatte den beiden auch neue Freunde in einem fremden Land beschert. Nach der Trauung ging es zurück in die Talbot Hill Road, und bei Kaffee und Kuchen wurde die außergewöhnliche Hochzeit bis in den späten Abend gefeiert. Da nun die finanzielle Situation durch den unerwarteten längeren Aufenthalt an ihre Grenzen gestoßen war, wollten sie gleich am nächsten Morgen den Rückweg nach Deutschland antreten. Sie verbrachten nun ihre erste Nacht gemeinsam in einem Zimmer, wie es Mr. Beale veranlasst hatte, und am frühen Morgen des 16. Januar 1972 begann die Heimreise. Familie Beale gab ihnen noch ein „Lunch-Paket" mit auf den Weg, und dann ging es los. Der blaue Opel war von außen auf allen Seiten mit den Worten „just married" beschrieben, und sogar die Seitenscheiben hatten die Trauzeugen und die Studenten mit Lippenstift beschrieben. Als sie dann losfuhren, wurde ihnen bewusst, dass auch die obligatorische Schnur mit Dutzenden von Blechdosen am Auto befestigt war. Das machte einen höllischen Lärm, und der wurde dann immer ein wenig leiser, bis kurz vor Dover keine Dose mehr am Wagen war. Danach war nichts mehr zu hören, aber das Auto sprach immer noch Bände, und viele Menschen auf der Straße winkten freudig, und viele Autofahrer gaben ein Hupkonzert, bis sie auf die Fähre in Dover fuhren. Die Überfahrt war etwas stürmisch und Alex wurde etwas seekrank durch das ständige Schwanken der Fähre. Der kalte Januartag hatte zwar eine kühle Brise, die recht erfrischend über das Deck blies, aber das konnte Alex leider nicht davon abhalten, sich über die Reling zu übergeben. Den Rest der Reise saßen sie in der Cafeteria und versuchten, mit einem Kräutertee ihre Mägen zu beruhigen. In Calais angekommen, wurden die Fahrzeuge wieder von ihren Fesseln befreit, und beim Herausfahren aus der Fähre wurden sie von vielen Menschen beglückwünscht. Dann begann die Rückfahrt über Belgien nach Deutschland, und beide mussten zittern, ob das Geld für das Benzin noch bis nach Hause reichen würde. Die Urlaubskasse war bis auf wenige DM leer durch den unerwarteten längeren Aufenthalt. Sie verzichteten auf der Reise darauf, an den vielen Raststätten anzuhalten, um etwas zu essen, damit es für das Benzin reichen würde. Sie hatten ja ein Lunch-Paket und die restliche Hochzeitstorte mitgenommen, und das musste ausreichen,bis sie vor ihrer Haustür waren. Erschöpft, aber glücklich kamen sie in Mülheim an. Dort hatte Alex in einem

Dreifamilienhaus schon eine Woche vor der Abfahrt eine kleine Wohnung gemietet. Unter dem Dach mit schrägen Wänden war die Miete erträglich, und sie hatten nun ihre eigenen vier Wände. Die Wohnung war klein, aber es war alles Nötige vorhanden, zwei Zimmer, Küche, Bad, aber leider ohne jegliches Mobiliar. Als sie die Tür zu ihrer ersten gemeinsamen Wohnung aufgeschlossen hatten, nahm Alex seine frisch Angetraute auf den Arm und trug sie über die Schwelle in ihr kleines Reich. Im Schlafzimmer lagen zwei Matratzen auf dem Boden, und an den Wänden standen einige Kartons mit ein wenig Geschirr für die Küche, einigen Büchern für das Wohnzimmer und etwas Werkzeug, um später alle handwerklichen Notwendigkeiten selbst auszuführen. Ein kleiner Tisch mit zwei Stühlen, war das ganze Mobiliar am ersten Tag ihres gemeinsamen Lebens. Lauras Mutter hatten sie von der Insel eine Karte geschickt, mit den Worten, sie solle sich keine Sorgen machen, aber sie wären jetzt offiziell glücklich verheiratet, und es täte ihnen leid, dass es so hat kommen müssen. Nun war es auch an der Zeit, dass Alex seiner Familie die überraschende Nachricht zukommen lassen musste. Die Eltern fielen aus allen Wolken aber seine Brüder hatten schon davon gehört und gratulierten ihm zu so einer außergewöhnlichen und mutigen Tat. „Wenn man sich wirklich sehr liebt, dann gibt es kein Hindernis was man nicht überwinden kann", sagt Alex um seine Entführung zu rechtfertigen. Auch alle Freunde waren überrascht, und im Ort

in dem Laura gelebt hatte, wo ihre Mutter und ihre Oma sehr bekannt waren, ging die Kunde wie ein Lauffeuer durch den Ort. Das war natürlich eine Blamage für die Mutter und eine Niederlage für ihr „Nein" zur geplanten Hochzeit.
Die ersten Wochen sind zwar hart für das frisch verheiratete Paar, aber sie sind nun Glücklich und zufrieden weil sie sich nicht mehr heimlich treffen müssen und auch keine Angst vor einer Trennung zu haben brauchten. Die offizielle Urkunde aus England machte sie zu einem anerkannten Ehepaar, und das war ein befreiendes Gefühl. Jeden Morgen gemeinsam frühstücken, und dann fuhren sie gemeinsam von Mühlheim nach Offenbach, und gegen Abend holte Alex Laura wieder von ihrer Arbeit ab. Langsam gingen die Arbeiten in der Wohnung voran, und Alex musste aus Mangel an finanziellen Mitteln etwas improvisieren. Da er nun in einem Laden für Tapeten, Gardinen und Dekoration arbeitete, konnte er sich die schönsten Tapeten und Vorhänge für die Wohnung mit einem großen Rabatt leisten. Das wurde dann mit kleinen Summen von seinem Gehalt jeden Monat abgezogen. Nach und nach wurde die kleine Dachwohnung sehr gemütlich, und es fehlten nur noch größere Möbel. An einem Wochenende, als sie wieder in der Küche saßen, sagte Laura plötzlich: „Warum rufst du nicht Stacos an und fragst nach deinem Geld, was er dir noch schuldet?" Alex ist eigentlich zu Stolz um ständig dem berühmten Sänger nachzulaufen, und um sein Geld zu betteln. Doch Laura

überzeugt ihn, indem sie sagt. „Das ist dein gutes Recht, und ihr habt das vor der Tournee ausgemacht. Der verdient doch an einem Abend mehr, als er dir schuldet. Oder sprich doch noch mal mit diesem Robert Weiß, der hatte dir doch gesagt, er könne mit dem neuen Produktionschef reden und für dich ein gutes Wort einlegen?" „Aber Laura, du weißt doch, dass dieser Robert Weiß auch nur auf seinen eigenen Vorteil aus ist. Mein Schicksal geht diesen Leuten doch am Arsch vorbei. Für den ist doch nur wichtig, dass er selbst als Entertainer im Rampenlicht steht. Ich kann mir nicht vorstellen, dass er ein gutes Wort für mich einlegt hat. Im Grunde genommen bin ich eher eine Konkurrenz für ihn, und du weißt doch, was für ein Spaßvogel er auf der Bühne ist, der denkt nur an sich selbst." Ein bisschen Spaß muss sein, denk Alex, doch bei den meisten ist das nur Show, und das ewige Grinsen geht Alex gewaltig auf den Sack. Diese Musikbranche ist so was von oberflächlich, einfach zum Kotzen, denn da werden die jungen Talente verheizt und die Etablierten werden immer mehr hofiert. Irgendwie ist er nun froh, dass er Abstand gewonnen hat und sich nicht verbiegen muss, um erfolgreich zu sein. Er ist nicht die große Rampensau, sondern eher der sensible Sänger, der seine eigenen Balladen singt und nicht auf der Bühne rumhampelt wie ein Kasper. Er erinnerte sich an einen bekannten Showmaster, der ihn immer wieder darauf hinwies, er solle doch bei seinen Auftritten ständig ein freundliches Lächeln zeigen und die Augen offen halten. Genau das wollte er aber nicht, für ihn war es ein Bedürfnis, seine Augen zu schließen, wenn es ein besonders gefühlvoller Lied war, und nicht ständig ein dummes Grinsen an den Tag zu legen. Also musste er wohl Abstand nehmen vom heiß geliebten Musik-Business, denn er wollte sich auch von dieser Branche nicht verbiegen lassen. „Dann ruf doch wenigstens Stacos an, denn das Geld steht dir ja zu." Alex nimmt den Hörer ab und wählt die Nummer von Stacos. Am anderen Ende meldet sich Maria, die Frau von Stacos, und sagt, er wäre nicht zu hause. Sie ist der Typ Frau, der versucht, alle Menschen von ihrem Mann fernzuhalten, damit ja niemand eine nähere Beziehung zu ihm aufbauen kann. Alex sagt ihr, es wäre dringend und sie solle ihm ausrichten er hätte noch Geschäftliches mit ihm zu besprechen. Gleichzeitig hatte er das Gefühl, im Hintergrund die Stimme von Stacos zu hören, der mit einer anderen Person zu sprechen schien. Er kannte ja die Stimme sehr gut, und würde sie unter Tausenden wiedererkennen. Sie wollte mit Sicherheit alle Fans und Autogrammjäger und auch ihn, von ihm fernhalten, damit er nicht stundenlang seine Zeit mit fremden Leuten verbringen musste. Aber Alex betrachtete sich selbst als Kollegen und Freund, und nicht als Autogrammjäger. Eine Stunde später ruft Stacos zurück. „Hallo Alex, wir haben uns lange nicht gesehen, wie geht es dir, du was gibt es denn so dringend ?" „Hör mal Stacos, wie du weißt, bin ich jetzt verheiratet. Ich habe aber leider keinen

Schallplattenvertrag mehr und muss sehen, wie ich jetzt über die Runden komme. Ich wollte dich noch mal an die zweitausend DM erinnern, die Du mir vor der Tournee zugesagt hattest. Wir brauchen jetzt jeden Pfennig und haben noch nicht einmal Möbel in unserer Wohnung. Wann kann ich mir das Geld abholen?" Stacos versucht ihn abzuweisen indem er alle möglichen Gründe aufzählt, warum er im Moment nicht so flüssig sei. Er hätte ein Haus gekauft und der Umzug würde gerade viel Zeit in Anspruch nehmen. Dazu kämen noch andere finanzielle Verpflichtungen, und deshalb könne er momentan die Summe nicht bezahlen. Aber wenn Alex einige Möbel haben wolle, könnte er es mit dem ausstehenden Betrag verrechnen, denn in seinem neuen Haus würde er nicht alle alten Möbel brauchen und einiges neu kaufen. Alex denkt einen Moment nach, und da er sowieso Möbel für seine Wohnung braucht, lässt er sich auf dieses Geschäft ein, besser als nichts. „Ok Stacos, wann kann ich vorbeikommen und mir die Möbel anschauen, die du loswerden willst?" „Am besten gleich morgen, denn wir sind mitten im Umzug und brauchen dann nicht alles mit ins neue Haus zu nehmen." Gesagt, getan, und am nächsten Tag holt sich Alex einige kleine Möbel ab, die Stacos mit einem Wert von Zweitausend DM beziffert. Es ist zwar nicht was sie eigentlich wollten, aber wenigstens können sie sich ihr zuhause etwas schöner gestalten und die lästigen Schulden von Stacos wären grob beglichen. Ein Schrank, eine Kommode, zwei

Gästebetten mit Matratzen und passenden Nachtschränkchen, sollen die Schulden von Stacos begleichen. Er fährt am nächsten Tag nach Egelsbach und holt sich all die Gegenstände die ausgemacht waren ab. Es dauert nur wenige Stunden, und er hat alle Möbel in den zweiten Stock getragen und auch wieder zusammen gebaut. Alex beginnt nun sein Können als Dekorateur an den Tag zu legen und baut aus den Matratzen, die ihnen als Bett gedient hatten, ein Sofa im Wohnzimmer. Das Bettgestell mit den Matratzen wird mit einem Samtstoff überzogen, und dazu kauft er einige Schaumstoffrollen, die als Rückenlehen dienen. Vor dem Sofa bringt er zwei Holzpfosten senkrecht bis zur Decke an und von seinen Eltern im Odenwald hatte er noch zwei alte Wagenräder die er zwischen die zwei Pfosten stellt, und darauf bringt er eine Holzplatte an, die als Tisch dienen soll. Die sitzt direkt auf den Wagenrädern und zwischen den beiden Pfosten. Alles wird dann farblich auf das Sofa abgestimmt und macht ein gemütliches Wohnzimmer. Nach ein paar Wochen baut Alex auf der gegenüberliegenden Wand zwei Bücherregale und lässt in der Mitte einen Meter frei. Dieser freie Raum wird mit einer Wandtapete, die einen tropischen Wald darstellt, tapeziert und ist der Hintergrund für eine selbstgebaute Voliere mitten im Wohnzimmer, für einen Nymphensittich. Auf dem Boden baut er eine flache Schublade aus Sperrholz, die er einfach herausziehen kann, um den Vogelsand zu erneuern. Die Vorderseite wird mit einem Maschendrahtzaun verschlossen, in welchem eine Tür eingebaut ist. Dieser Zaun wurde von ihm schwarz gestrichen, und dadurch konnte man besser den Innenraum mit dem tropischen Regenwald und dem Nymphensittich sehen. Wenn Laura und Alex es sich nach täglicher Arbeit in den Abendstunden auf dem Sofa gemütlich machten, konnten sie den indirekt beleuchteten Regenwald zwischen den beiden Bücherregalen sehen. Das ergab eine ungewöhnlich gemütliche Stimmung, und beide fühlten sich nun endlich angekommen in den eigenen vier Wänden.

Einige Monate später bekommt Alex einen Brief von einem Rechtsanwalt. Der Brief enthielt ein Rechnung über zweitausend Mark, bezüglich einiger Möbel die er sich bei einem gewissen Starcos Formalis in Egelsbach abgeholt hätte, und die er unverzüglich zu bezahlen hätte. Alex fällt aus allen Wolken, denn der Auftraggeber ist die Ehefrau von Staco, Maria. Jetzt platzt Alex der Kragen und er wettert laut vor sich hin „Verdammte noch mal, was ist das denn für eine Unverschämtheit?" Er zeigt Laura den Brief. „Die hat doch nicht alle Tassen im Schrank, was fällt Maria denn ein, mir solch eine Rechnung zu schicken? Die ruf ich jetzt gleich an und mach die zur Schnecke." Laura ist auch verärgert und kann diesen Brief nicht verstehen, jedoch fügt sie hinzu. „Die hat nun schon einen Anwalt eingeschaltet, da wirst Du nicht viel erreichen können, Du kannst nur mit Stacos reden und ihn bitten dieses Missverständnis aufzuklären." „Mein Gott der lebt doch mit ihr im gleichen Haus, sie müsste doch informiert sein über die Abmachung mit mir und er müsste wissen, was da mit Rechtsanwälten für ihn eingetrieben werden soll, oder?" „Ja aber er ist doch immer unterwegs, und sie macht den ganzen Briefverkehr für ihn, wahrscheinlich weiß er überhaupt nichts davon." „Nimm in nicht noch in Schutz, Laura." Alex ist sehr enttäuscht und auch wütend über diese unerwartete Attacke. Er konnte nicht verstehen warum sie nicht vorher mal angerufen hatte, denn dann hätte er das Missverständnis sofort aufklären können. Aber so musste er nun auch einen Anwalt einschalten. Die Verhandlung zog sich ein paar Monate hin, und er musste dann auch noch seinen Anwalt bezahlen. Nachdem die Anwälte keine Einigung fanden, ging die Angelegenheit vor Gericht und es stand Aussage gegen Aussage. Weil keiner der beiden Parteien einen schriftlichen Beweis hatte, kam es zum Schluss zu einem Vergleich, und er musste trotzdem Eintausend Deutsche Mark für die gebrauchten Möbel von Stacos bezahlen. Dazu kamen noch die halben Gerichtsgebühren und sein Anwalt. Das sollte für ihn eine Lehre sein, dass er in Zukunft, auch mit den besten Freunden, alle Vereinbarungen sich auch schriftlich bestätigen lassen würde. Er hat danach noch einige male versucht, Stacos zu kontaktieren, aber ohne Erfolg. Alle Anrufe wurden abgeblockt und seine Frau Maria, wollte nicht mit ihm sprechen. Seit dieser Zeit hat er nie wieder ein Wort mit Stacos oder seiner Frau gesprochen.

NEUANFANG

Einige Monate später als, Alex Laura von ihrer Arbeit abholt, ist ihre Stimmung gedrückt „Laura, mein Schatz, was ist los, was ist dir denn über die Leber gelaufen?" Sie erzählt Alex, dass ihre Mutter nun schon mehrmals bei ihr in der Firma angerufen hätte und sich gerne mit ihr treffen würde. Alex ist etwas beunruhigt, denn es war keine Rede davon, dass sie auch ihn sehen wollte. Wenn sie jetzt nach knapp einem Jahr versuchen würde, einen Keil zwischen ihn und Laura zu treiben, dann wollte er das auf jeden Fall verhindern. „Laura, du kannst dich gerne mit ihr treffen, aber ich würde gerne dabei sein. Ich möchte verhindern, dass sie sich wieder zwischen uns drängt. Sie weiß, dass sie dich verloren hat und möchte dich wieder zurückgewinnen. Aber es wird nie wieder so sein, wie es einmal war. Du hast bei ihr im Haus immer mitgeholfen, du hast gewaschen, gebügelt, geputzt, und dein lieber Bruder hat in dieser Zeit Zeitung gelesen oder ferngesehen. Das kommt nicht wieder in Frage." Laura ist hin und her gerissen, auf der einen Seite möchte sie gerne ihre Mutter wiedersehen und auf der anderen Seite möchte sie nur mit ihrem Mann zusammen sein. Wird es für sie einen Kompromiss geben indem man beide Varianten vereinen kann? Alex ist bereit eine goldene Brücke zu bauen und den Versuch zu starten, dass alle Beteiligten sich regelmäßig treffen. Laura ist überglücklich und freut sich auf ein

Treffen mit ihrer Mutter. Nach dem ersten Aufeinandertreffen erzählt sie Alex: „Meine Mutter möchte einen Neuanfang, und wir sollen am Wochenende zu ihr nach Hause kommen." Alex ist immer noch etwas skeptisch, willigt aber ein, und sie besuchen, nach über einem Jahr Funkstille, ihre Mutter im Rodgau. Das erste Aufeinandertreffen war etwas frostig, aber beide Seiten gaben sich Mühe, ihre verschiedenen Ansichten nicht eskalieren zu lassen. Nach mehreren Treffen entwickelte sich ein Verständnis zwischen beiden Seiten, und langsam wurden die vergangenen Probleme vergessen und die ungewöhnliche Ehe akzeptiert. Alex gab sich große Mühe, bei seiner Schwiegermutter ein gutes Verhältnis herzustellen und ging ihr bei der Gartenarbeit und allen möglichen kleinen Reparaturen zur Hand. Vom Gartentor bis zum Garagentor wurde alles neu gestrichen, und im Haus tapezierte Alex die Zimmer mit sehr schönen Tapeten aus dem Geschäft, in dem er gerade angestellt war. Das brachte ihm nun die lang vermisste Anerkennung und damit auch eine Wertschätzung auf Augenhöhe. Laura bekam nun auch nachträglich ihre Aussteuer in Form von einem Kasten Silberbesteck und einem Set Kristallgläser. Das Eis war gebrochen, und das ehemalige schlechte Verhältnis wandelte sich in ein familiäres Miteinander. Die Black Eagles gab es zu diesem Zeitpunkt auch nicht mehr, und einige munkeln, dass es nach dem

Rauswurf von Alex ständig bergab ging. Das war eine kleine Genugtuung für Alex, aber er wollte keine Schadenfreude zeigen. Ein Jahr später ergab es sich, dass die Mutter von Laura beiden ein Angebot machte, in den Rodgau zu ziehen. Sie hatte ein kleines älteres Haus im alten Ort, welches vermietet war, und nun wieder zur Verfügung stand. Die Mieter waren gerade ausgezogen, und deswegen war der Weg frei für die beiden, sich neu zu orientieren. Die Miete war auch niedriger als in Mülheim, und deshalb fiel ihnen die Entscheidung nicht schwer. Der Umzug war schnell gemacht von der Dachwohnung in die kleine Doppelhaushälfte in den Rodgau. Es war ein kompletter Neuanfang für beide, obwohl sie hier alles kannten und einige Erinnerungen noch präsent. Alex kam zurück an den Ort, wo er mit den Black Eagles viele Auftritte gehabt hatte und Laura hatte hier ihren Wurzeln den Rücken gekehrt. Es weckte in beiden Erinnerungen, aber in der Zwischenzeit hatte sich viel verändert. Das Neubaugebiet hatte sich weiter ausgedehnt, und in Richtung Osten, hinter dem Ort, wurde eine neue Autobahn in den Odenwald gebaut. Die Entwicklung der Infrastruktur in diesem Teil von Hessen ging in diesen Jahren stetig voran.
Alex hatte jetzt wieder eine Aufgabe, denn die alte Doppelhaushälfte von Lauras Mutter war etwas renovierungsbedürftig und benötigte auch eine Überholung. Er hatte die Erlaubnis, die Renovierung nach dem Geschmack von

Laura und ihm durchzuführen. Laura hätte gerne eine Sauna und Alex wollte einen offenen Kamin im Wohnzimmer. Also machten sie sich an die Arbeit und begannen mit der Sauna. Im Untergeschoss war genügend Platz, um ein neues Bad mit anschließender Sauna zu gestalten. Der Raum hatte eine Terrassentür die direkt in den hinter dem Haus liegenden Garten führte. Ideal für eine Abkühlung im Winter, da man direkt aus der Sauna in den Garten und sich im Schnee abkühlen konnte. Alles wurde genau geplant und nach wenigen Wochen konnte man schon die Fortschritte sehen. Der Raum wurde mit wunderschönen Kacheln gefliest, die im Ton genau zu dem Holz von der Sauna passten. Eine moderne Dusche, die mit Glasbausteinen abgetrennt wurde, sowie eine Liege zum Entspannen, vervollständigen diese Oase der Ruhe und Entspannung. Laura war überglücklich und benutzte sie mit Alex so oft es ihre Zeit zuließ. Auch Alex konnte seine Idee von einem Wohnbereich mit offenem Kamin verwirklichen. Er wollte eine Hellblaue Holzwand mit Bücherregalen und weil es keine in dieser Farbe gab, ließ er sich seine Holzpaneelen und Bücherregale in Hellblau beizen und lackieren. Der Kamin war aus Gusseisen, mit einer Glastür versehen und wurde von allen Seiten bis an die Decke eingemauert. Alles wurde weiß verputzt und vor dem Kamin eine kleine Fläche mit weißen Kacheln belegt, damit die Brandgefahr eingedämmt war. Das restliche

Wohnzimmer konnte er, im gleichen hellblauen Ton mit einem Teppichboden auslegen. Dazu kam noch ein Glastisch mit zwei Bänken, die verchromte Füße hatten. Deren Bezug war natürlich auch in hellblauem Velourstoff gehalten. Im gleichen Velourstoff konnte er ein Ecksofa erwerben und einige seiner Grafiken unter Glasplatten, Rahmenlos an den Wänden platzieren. Die komplette Innenarchitektur machte den Wohnraum sehr modern und kühl, aber trotzdem hatte man das Gefühl von Leichtigkeit und Wärme. Alles in Allem ein gelungenes Wohnzimmer. Nach ein paar Jahren hatte Alex das alte Haus vom Dachgeschoss bis zum Keller renoviert, und beide investierten ihre Monatsgehälter in das kleine Haus in der Nähe vom Bahnhof. Das Verhältnis zu Lauras Mutter war in der Zwischenzeit exzellent und sehr gut geworden, und Alex galt als der Schwiegersohn par excellence. Vom ehemals abgelehnten und verschmähten Freund der Tochter war er ein sehr willkommenes und geschätztes Mitglied der Familie geworden. Jeden Samstag traf sich die ganze Familie bei Lauras Mutter im Neubaugebiet, und es wurde schon zur Tradition die Sendung „Starparade" mit Detlef Thorsten Beck zu schauen. Lauras Cusine, Onkel und Tante waren jedes Mal dabei, weil sie direkt nebenan gewohnte hatten. Ihr Bruder Ewald kam auch öfters vorbei, um das Spektakel zu sehen. Es entwickelte sich zu einer Hass-Liebe, denn über die meisten Sänger oder Sängerinnen wurde ständig gelästert, aber man wollte unbedingt sehen, wie es am nächsten Samstag weiterging. So ging es Samstag für Samstag, und alle hofften, dass endlich einmal ein Lied dabei wäre, wo alle sagen konnten, super das Lied gefällt mir. Leider war das nie der Fall, und Stacos wurde besonders beachtet, weil alle wussten, dass Alex mit ihm auf Tournee gewesen war. Er sang etwas über eine Carmen, die kommen soll, und ein anderer darüber, dass man nicht immer 16 sein kann. (sehr logisch) Der Nächste war ein blonder junger Mann, mit amerikanischen Akzent, der davon sang, er könne den Wind nicht einfangen. (eigentlich klar oder?) Ein Mädchen aus Hessen wollte sich das Singen nicht verbieten lassen (besser wäre es gewesen) und eine Schwedin, ein Mann könne nicht schön genug sein. Damit nicht genug, singt ein Blonder mit Sonnenbrille über eine schwarze Bärbel, und ein anderes Mädchen über einen „Bimbo". Man könnte noch zig andere schwachsinnige Texte aufzählen, die alle in trivialer Schlagermusik verpackt waren. Das sollte die Creme de la Creme in Deutschland sein ? Alex konnte es manchmal nicht ertragen, und seine Kommentare waren dementsprechend sarkastisch. Einmal sang ein hagerer junger Mann mit einer jämmerlichen Stimme, es würde ein Bus nach Nirgendwo fahren und Alex stellte einen Eimer unter den Fernseher. „was soll das?" fragen die anderen Anwesenden. „Das soll den Schleim und den Schmalz auffangen der hier aus dem Gerät fließt!" Es ärgert ihn immer noch, dass er mit seinen eigenen Liedern keinen Erfolg hatte, und andere mit Schwachsinn im Fernsehen auftraten, aber er musste es irgendwie überwinden. Vielleicht war es besser, die Abendshow am Samstag nicht mehr zu sehen und statt dessen etwas ganz anderes und neues anzufangen. Ein Neuanfang im besten Sinne des Wortes. Ein Zufall kam ihm zu Hilfe, denn ein alter Freund hatte in seiner Wohnung ein wunderschönes Aquarium, in dem er sehr ausgefallene tropische Fische hielt, Skalare und Diskusbarsche aus dem tropischen Urwald Amazoniens. Alex hatte sowieso ein Faible für Fische, denn sein Patenonkel in Thüringen hatte damals auch ein Aquarium mit dem Buntbarsch Skalar und Neonfischen gehabt. Das erinnerte ihn an die alte Heimat, und er begann, sich sehr dafür zu interessieren. Die Starparade am Samstag war vergessen, und er kaufte sich ein großes Aquarium. Schon das Einrichten machte ihm große Freude. Er begann, sich über den Lebensraum dieser Tiere schlau zu machen und las alles, was er darüber finden konnte. Es begann mit dem Wasser, was sehr alkalisch sein sollte, und der PH Wert nicht die 6,5 bis 7. Das Stadtwasser war zu kalkhaltig, und deswegen fuhr er mit einigen Kanistern in den Odenwald, weil er dort von einer Quelle gehört hatte, die sehr mildes, fast schon saures Wasser mit sich brachte. Das kam dem Amazonas-Verhältnissen schon sehr nahe. Das Becken wurde gefüllt und es kamen am Grund verschiedene Kiessorten und in der Mitte etwas feinerer Sand hinzu. Dann setzte er Steine, die vorher mit heißem Wasser gereinigt wurden, auf den Grund an der hinteren Wand entlang und pflanzte einige Wasserpflanzen in den Kies. Die Filteranlage und der Heizstab (23 Grad) wurden angeschlossen und zum Schluss hatte er eine alte Baumwurzel aus dem Fachhandel besorgt, die schon längere Zeit im Wasser gelegen hatte, und nun etwas von ihren Gerbstoffen ins Wasser abgab. Das machte das Wasser etwas bernsteinfarbig und kam dem Amazonaswasser sehr nahe. Die Leuchtröhre mit dem „True-Light" Lichtspektrum, imitierte das Sonnenlicht, und die Pflanzen etablierten sich schnell. Nun war alles vorbereitet, um die Fische zu besorgen. Im Fachhandel waren Diskusfische (der König der Zierfische) sehr teuer, doch sein Freund Michael hatte von einem Pfarrer im Odenwald gehört, der eine große Zuchtanlage für Diskusfische haben sollte. Also machten sich beide auf den Weg und besuchten den Pfarrer in einem kleinen Ort nahe Erbach in seinem Privathaus. Dort angekommen, staunten sie nicht schlecht. In seinem Keller hatte er 7 große Aquarien, in denen die schönsten Diskusfische schwammen, die sie je gesehen hatten. Die „himmlische" Ruhe, die dieser Raum ausstrahlte, wurde nur monoton unterbrochen von dem leisen Schnurren der elektrischen Pumpen für Luft und den Filter, die den Sauerstoff ins Becken leiteten und das Wasser kristallklar machten. Eine Stimmung, man könnte sie tatsächlich mit einem Gebetsraum vergleichen. Eines der Exemplare hatte einen Durchmesser von ca. 20 cm und hatte hellblaue Wellenlinien über den ganzen Körper verteilt. Es war ein Männliches Exemplar, ein Prachtexemplar, was man an seiner hinteren, oberen, Rückenflosse erkennen konnte. Von diesem Männchen hatte der Pfarrer schätzungsweise 50 Jungtiere in verschiedenen Größen in verschiedenen Becken. Die würden natürlich fantastisch zu Alexes blauen Wohnzimmer passen. Für die Zucht waren diese Aquarien sehr steril gehalten und keine anderen Fische erlaubt. Es gab keinen Sand, keine Steine, und keine Pflanzen, um das Wasser so Keimfrei wie möglich zu halten. Nur ein Tontopf, der mit dem Boden nach oben im Becken stand, und eine alte Wurzel die als Unterschlupf diente, waren der ganze Innhalt der Aquarien. Alex und Michael waren begeistert, so etwas hatten sie noch nicht gesehen. Der alte Pfarrer bemerkte ihre Begeisterung und sagte: „kommt mal mit, hier habe ich noch etwas besonderes!" Etwas abseits in einer Ecke hatte er noch ein Becken, und dort befand sich ein ganz besonderes Exemplar. Der alte Mann hatte es mit einer Auslese fertiggebracht, einige Nachkommen mit verwaschenen Linien zu vermehren, und dadurch ein Zuchtergebnis erreicht, was keine Linien mehr aufwies. Dadurch erstrahlte der komplette Fisch großflächig in stahlblauer Farbe. Die beiden waren sprachlos, so etwas hatten sie noch nie gesehen. Alex kaufte sich vier Jungtiere und setzte sie in sein Aquarium. Die Rückwand hatte er mit einem Poster, die eine grüne Unterwasserwelt darstellte, von hinten verkleidet. Um das alles etwas aufzulockern, hatte er noch einen kleinen Schwarm Neonfische, zwei Skalare und einen kleinen Wels gekauft. Es wurde ein Ort der Ruhe, der Meditation und sogar der Inspiration für sein weiteres Leben. Nach einem Jahr hatten sich seine Diskusfische prächtig entwickelt und waren geschlechtsreif geworden. Michael hatte sich über einen Händler einen prächtigen Wildfang aus Brasilien gekauft und hatte den Versuch gestartet, zu züchten. Alex war auch nicht untätig und hatte in seinem Keller zwei Aquarien aufgestellt, um den erwachsenen Tieren die Möglichkeit einer Vermehrung zu ermöglichen. Er hatte vom Pfarrer gelernt und ein Zierfischheft abonniert. Jetzt wollte er nur sein Hobby genießen und das in seinen Augen scheinheilige korrupte und geltungssüchtige Musikgeschäft vergessen.

Ein Jahr später erkrankte Lauras Mutter an Lungenkrebs, obwohl sie ihr Leben lang Nichtraucherin gewesen war. Die Familie war sehr besorgt, und es wurde alles unternommen, um sie von dieser Krankheit zu heilen. Die Chemotherapie hatte sie schwer mitgenommen, und alle Haare waren ihr ausgefallen. Da sie keine Perücke tragen wollte, lief sie den ganzen Tag mit einem Kopftuch herum, und alle hofften, dass sie den Krebs besiegen würde. Ewald, ihr Sohn arbeitete in der Zwischenzeit in der aufkommenden unbekannten Firma Microsoft, die sich mit

irgendwelchen Softwaren-Programmen beschäftigte, als Betriebswirt. Er verdiente recht gutes Geld und hatte die Musik an den Nagel gehängt. Lauras Cusine arbeitete jetzt auf der Gemeindeverwaltung im Nachbarort und hatte sich mit einem jungen Griechen befreundet, was nun auch bei ihr auf Widerstand in der Familie stieß. Dieses Mal wurde der Widerstand aber schnell aufgegeben, denn man wollte Lauras Mutter nicht belasten. Nach der Chemotherapie ging es ihr etwas besser, und alle hatten die Hoffnung, dass alles noch einmal gut gehen würde. Doch bei der nächsten Untersuchung wurde die Hoffnung zerstört, denn der Krebs hatte Metastasen gestreut. Danach ging alles sehr schnell, und Lauras Mutter starb kurze Zeit später.
Ein schwerer Schlag für alle Familienangehörigen.
Nach der Beerdigung gab es eine Trauerfeier und dann wurde das Testament beim Notar verlesen. Laura bekam das Haus im alten Ortsteil zugesprochen und der „Bub Ewald", ihr Bruder, bekam das neue Haus im Neubaugebiet. Das machte Alex innerlich sehr traurig. Wieder so eine Ungerechtigkeit, der Sohn, der sowieso schon jahrelang bevorzugt wurde, und nie einen Finger gerührt hatte, weder bei der Gartenarbeit noch bei irgendwelchen handwerklichen Arbeiten, bekam das neue Haus zugesprochen. Die Tochter wurde traditionell als geringer eingeschätzt und benachteiligt. Alex hatte in beiden Häusern Renovierungsarbeiten durchgeführt, und fühlte sich nun auch persönlich hintergangen.

Das Haus, was Laura geerbt hatte, war gerade mal die Hälfte wert von dem ihres Bruders, und dazu kam, dass sie beide über Jahre hinweg ihr ganzes Geld in das alte Haus gesteckt, und es komplett renoviert hatten, aber ihr Bruder im Gegensatz keinen Pfennig in das neue. Laura und Alex hatten ein Gespräch mit Ewald, um ihn davon zu überzeugen, das dass keine Gerechte Verteilung war. Aber der blieb stur und pochte nur auf das notarielle Testament und das es sein Recht wäre. Das war wieder ein moralischer Tiefschlag, denn es ging hier vorwiegend um Gerechtigkeit für Laura. Mädchen und natürlich Frauen im Allgemeinen, wurden zu dieser Zeit immer noch benachteiligt und verdienten für die gleiche Arbeit generell weniger. Diese Ungerechtigkeiten wollten sie nicht länger hinnehmen, doch leider war bei dem Gespräch keine Aussicht auf Erfolg, und das Resultat war, dass beide in den nächsten zwei Jahren kein Wort mehr miteinander sprachen.

Die Zuchtanlage im Keller für die Diskusfische war in der Zwischenzeit auf 10 Aquarien angewachsen, und Alex verbrachte dort viele Stunden, um die Becken zu reinigen die Temperatur zu kontrollieren und das Wasser auf seine Bestandteile zu testen. Die Fütterung war regelmäßig und abwechslungsreich, denn er besorgte sich, abgesehen von dem üblichen Trockenfutter, noch lebendes, energiereiches Futter wie Mückenlarven, Wasserflöhe,

Schlammröhrenwürmer (Tubifex) und anderes mehr. Seine Diskusfischpopulation hatte sich auf stattliche 12 Exemplare erhöht, und er hatte sie lange beobachten müssen um festzustellen welche ein Paar sein würden. Es war faszinierend zu sehen, wie das vonstatten ging. Das Männchen und das Weibchen, was sich sympathisch war und eine Beziehung eingehen wollte, sonderten sich von den anderen ab, und dann schwammen sie oft aufeinander zu und verbeugten sich mehrmals voreinander. Diese Paare setzte er in ein separates Becken, so dass sie völlig ungestört waren. Das gute Futter und die ungestörte Umgebung brachte sie nach wenigen Wochen zur Eiablage. Das Weibchen setzte mehrere Ketten kleiner Fischeier wie an einer Perlenschnüre an eine Tonvase, und das Männchen stieß eine Samenwolke darüber aus. Nach einiger Zeit konnte man in den Eiern winzigekleine Punkte erkennen, die dann später zu einem nadelspitzgroßen Embryo heranwuchsen. Beide Elterntiere standen dann Tag und Nacht vor der Brut, wedelten mit den Flossen, damit sich kein Pilz festsetzen konnte, und bewachten sie. Wenn doch einmal ein unbefruchtetes Ei zu sehen war, entfernten sie es mit dem Maul, um den Brutplatz sauber zu halten. Die Krönung war aber immer die Geburt. Wenn die Zeit gekommen war, standen sie dicht vor dem Gelege, und die Winzlinge, die aus den Eiern schlüpften, schwammen direkt auf ein Elternteil zu und setzten sich an seine Körperflanken. Die Körperflächen beider Tiere hatten jetzt ein weißliches Sekret, an dem die Jungtiere zu zupfen schienen. Es war eine Art „Muttermilch", ohne die sie wohl die ersten Tage und Wochen nicht überlebt hätten. Der absolute Clou aber war das Abwechseln bei der Fütterung. Wenn ein Partner nur noch wenig Sekret hatte und selbst was fressen wollte, dann schwamm der andere Partner dicht hinter ihn, und wie auf ein Kommando schoss der Vordere nach vorne, und der Hintere glitt an seine Stelle, so dass die Kleinen wieder an ihm futtern konnten. Dadurch hatte der andere Zeit, sich zu erholen und Futter zu jagen. Der kritische Punkt für die Jungen aber war der Übergang von der „Muttermilch" auf feste Kost. Dafür musste Alex winzige Salinenkrebschen züchten. Die getrockneten Eier dieser Krebschen, wurden in salzigen Wasser zwölf Stunden lang durchlüftet, bis sie schlüpften und dann mit einem sehr feinen Sieb herausgefischt. Die Jungtiere, die sich als erste von den Muttertier lösen konnten und Jagt auf die winzigen Salinenkrebse machten, die wuchsen dann auch schneller heran, als die anderen. Eine absolut wunderbare Unterwasserwelt, die sich da dem Beobachter eröffnete. Auch Laura konnte sich für diese wunderschönen Tiere begeistern. Doch manchmal wenn sie Alex eine Weile vermisst hatte, fand sie ihn unten im Keller vor den Aquarien im Sessel schlafend vor. Die angenehme Wärme, die lautlos dahin ziehenden Fische und die himmlische Ruhe, die nur von dem endlosen leisen surren der Pumpen untermalt wurde, wirkten wie Trance auf Alex und machten ihn oft müde und er schlief ein. Die Mühe und Geduld hatte sich ausgezahlt, denn er hatte in verschiedenen Aquarien ca. fünfzig bis sechzig verschieden große Jungtiere herangezogen. Bei den fünf DM großen Diskusfischen konnte man schon ansatzweise kleine blaue Wellenlinien erkennen, und die größeren Tiere hatten schon prächtige Farben und konnten nun an Liebhaber verkauft werden. Damals lag der Preis zwischen zwanzig und fünfzig DM pro Jungfisch aber für ein erwachsenes Zuchtpaar hatte der Pfarrer im Odenwald auch schon mal achthundert bis Tausend DM verlangt.

Nach zwei Jahren Funkstille zwischen Lauras Bruder und ihnen, dachte sich Alex, der Klügere gibt nach, und besuchte Ewald im neuen Ortsteil. Nach einem klärenden Gespräch, in dem er nochmals seinen Standpunkt vertrat, und dabei den von Ewald offen lies, war das Eis gebrochen, und es gab ein zivilisiertes Miteinander. Laura war natürlich erleichtert über dieses „Miteinander", denn im Leben muss man auch mal Kompromisse machen. Die Wogen waren wieder geglättet und der Familienfrieden wiederhergestellt.

Und die Moral von dieser Geschichte ist:

Niemand sollte sich in die Liebesaffären von jüngeren Menschen einmischen, auch nicht die Eltern dieser Menschen. Wenn Zwei nicht zusammenpassen, dann regelt es sich schon von selbst, aber die Erfahrung muss jeder selber machen. Der Lebensweg geht nicht immer gerade oder gerecht, Kompromissbereitschaft ist unbedingt notwendig, sonst rennt man jedes Mal gegen eine Wand. Auch wenn jemand sich vermeintlich im Recht befindet, bringt es nichts, wenn dieser versucht, stur mit dem Kopf durch die Wand zu gehen. Nur wer Toleranz gegen jede Person ausübt, wird im Leben glücklich sein.